www.ingramcontent.com/pod-product-compliance
Lightning Source LLC
LaVergne TN
LVHW031242190726
843493LV00010B/2979

آخر الأراضي

آخر الأراضي

روايـة

أنطوان الدّويهي

الطبعة الأولى: حزيران/يونيو 2017 م – 1438 هـ
الطبعة الثانية: كانون الثاني/يناير 2018 م – 1439 هـ

ردمك 2-2251-01-614-978

email: daralmourad@yahoo.com

facebook.com/ASPArabic
twitter.com/ASPArabic
www.aspbooks.com
asparabic

عين التينة، شارع المفتي توفيق خالد، بناية الريم
هاتف: 786233 – 785108 – 785107 (1-961+)
ص.ب: 13-5574 شوران – بيروت 2050-1102 – لبنان
فاكس: 786230 (1-961+) – البريد الإلكتروني: asp@asp.com.lb
الموقع على شبكة الإنترنت: http://www.asp.com.lb

إن الآراء الواردة في هذا الكتاب لا تعبر بالضرورة عن رأي الناشرين

لوحة الغلاف: تفصيلٌ من مائيّة لعمر الأنسي (1935).
تصميم الغلاف: علي القهوجي

التنضيد وفرز الألوان: أبجد غرافيكس، بيروت – هاتف 785107 (1-961+)
الطباعة: مطابع الدار العربية للعلوم، بيروت – هاتف 786233 (1-961+)

إلى سمير

كانت تتوالى الصور وتتداعى الأفكار في نفسي بلا توقّف، وأنا مسافرٌ وحيداً في القطار إلى مرفأ سولاك الصغير، البعيد، عند غابات الصنوبر الرملي على المحيط الأطلسي، غائصاً في حنايا ذاتي، منصرفاً، على غير عادة، عن تأمّل المشاهد المنسابة وراء النافذة، التي طالما فتحتْ أمامي الآفاق وحملتْ إليَّ سكينة لا توصف.

بتُّ أستغرب، أكثر فأكثر، المشاعر التي تنتابني، وأريد مصارحة نفسي بها وجهاً لوجه. أودَّ الوقوف أمام مرآتي الداخلية وأسأل: هل ما أحسّ به طبيعي حقّاً، أم هو دليل اضطراب وتوجّس كبيرين، ينأيان بي عن الواقع، وينقلانني إلى

مطارح يجب أن لا أصل إليها ولا اطأها قطّ ؟ لكن أيّاً كان الجواب، كيف لي نفي مشاعري وأنّى لي الهروب منها؟

لم يسبق لي، على مدى حياتي، أن شاهدتُ موتَ أحد. حين توفّي والدي، حدثَ ذلك في صورة مفاجئة، ولم أكن معه. وحين توفّي جدّايَ وجدّتَايَ، وقد غابوا عن هذه الدنيا في أقلّ من عامين، كنت صغير السنّ، وكان لدى أمّي حرصٌ شديد على إبعادي عن كلّ مصاب. وحين فارق صديقي الشاعر سميح العارف الدنيا، بعد غيبوبة متقطّعة دامت أسابيع، لم أكن حاضراً، إذ آثرت الاحتفاظ بصورته حيًّا في نفسي. أمّا النزاعات الدموية التي رافقتْ صباي وزمن ما قبل هجرتي، حيث سقط حولنا طوال سنين، الكثير من القتلى، ممّن نعرفهم ويعرفوننا، فأنا لم أشهد، خلالها، مصرعَ أيٍّ منهم. كنتُ أرى إليهم وهم مسجّون بلا حياة في أسرّتهم، وحولهم أمّهاتهم وأحبّتهم، في ليالي الألم والنحيب الطِوال، التي لا فجرَ لها. وكنتُ أسيرُ بعد ظهر اليوم التالي في جنازاتهم، وأنا في مطلع الصبا. وما زلتُ أسير فيها حتى اليوم وحيداً في أروقة نفسي.

لكن شاء القدر أن أرافق، قبل أسابيع، وفاة سلمى فرح، وأن أعاينها عن قرب، في شقّتها المتواضعة في ضاحية مونروج. كان المساء يرنو بأوّل أضوائه، والمطر يهطل بطيئاً

منذ وقتٍ طويل على بلّور النافذة، وكنّا وحدنا في ذلك الداخل الهادئ، الخافت، حين توقّفتْ سلمى فجأةً عن الاصغاء إلى ما أقوله، فأحنتْ رأسها قليلاً، يا للهول، وأسلمتِ الروح. حدثَ ذلك في ثانية واحدة، لا أكثر.

كانتْ لحظة انتقال سلمى من الحياة إلى الموت، من أرهب ما رأيت في حياتي وأغربه. لن أستعيدَ الآن تفاصيل الفجيعة التي أصابتني، ولا مشاعر الذهول واللوعة التي ما برحتْ تقضّ مضاجعي وتُدمي قلبي على مرّ الوقت. لكنّي أودّ الاشارة فقط إلى ما يأتي: لقد غيّرتْ رؤية وفاة سلمى أموراً جوهرية في ذاتي، ولم أعد بعدها قطّ أنا نفسي. كيف لمن يشاهد لحظة الموت أن يبقى هو نفسه؟ كيف يظلّ ما بعدها مثل ما قبلها؟ لا بدّ أن يبدو تساؤلي مُستغرَباً، بل ربّما ساذجاً، إن كشفتُه للملأ. ألا أعلم أنّه في كلّ ساعة يموت الآلاف، ويشاهد موتهم الآلاف؟ أعرف ذلك تماماً، لكنّي لا أتحدّث عنه هنا البتّة. لا أدري ما يشعر به ملايين الناس، ممّن عايشوا لحظة الموت أو رأوها. بحرٌ هائل من الحالات والأحاسيس، أنّى لي الاحاطة به وخوض غماره.. ما أتكلّم عليه هو لحظة موت سلمى فرح، وهي في ربيع العمر، ذات مساء ماطر، في العشرين من تشرين الثاني الماضي، في شقّتها الوادعة في ضاحية مونروج.

٩

كانتْ عذابات سلمى بدأتْ قبل ثلاثة أعوام، حين غادرها الرجل الذي تحبّ من دون إيضاح. تعرّفتْ سلمى إليه وهو في حال انهيار، بعد أن انفصلتْ عنه خطيبته التي رافقته في هجرته بهدف الزواج، عبر علاقة وطيدة دامتْ سنين، ثمّ تركته محطّم الفؤاد لتذهب وتعيش مع صديقٍ له. وجد في سلمى الطيّبة، الأمينة، الصادقة إلى أبعد حدّ، خشبة خلاصه. تمسّكَ بها بشدّة، وعملتْ هي بحبّ وحنان، وصبر وأناة، على مداواة جراح نفسه. لم يبقَ شيء لم تفعله لإخراجه من جحيمه، بذلك العطاء الذي هو عطاؤها، وبتلك الحماسة التي هي حماستها. لكن بعد شهور طوال، حين استعاد ذلك الرجل هدوءه وثقته بنفسه، فعل بسلمى ما فعلته خطيبته به: تركها لشأنها ومشى. بعدئذٍ عاد إلى البلاد، واقترن بصبية من بيئته، لا تعرف عن ماضيه شيئاً، ولم يفته اصطحابها إلى مدينة السين لقضاء "شهر العسل". وحين استقرّ في البلاد بين قومه، أنجب أولاداً وبنى عائلة. وقد عُرِف عنه تعامله مع نظام الاستبداد، ما أتاح له جمع ثروة طائلة بالطرق المشبوهة. وما إن وجد الظرف ملائماً، حتى حزم حقائبه، وانتقل نهائيًا، مع عائلته وأمواله، إلى أستراليا.

بقيتْ سلمى هنا بين جدران شقّتها الأربعة. انقطعتْ لشهور عن العالم، غارقةً في مشاعر الأسى، خجِلة ممّا حلّ

بها. التقيتها من طريق الصدفة ذات يوم وأنا أتنزّه في حديقة مونسو التي نادراً ما أرتادها. بادرتُها بالتحيّة، وقد كنتُ تعرّفتُ إليها في اللقاءات التي كنّا نعقدها لاستضافة الهاربين من الحرب، أو إيجاد مساكن مؤقّتة لهم في الضواحي، وقد أعجِبتُ في حينه بتفاني هذه الصبيّة الجميلة الإطلالة، الحرّة الضمير، وبصواب تحليلها ومنطقها، وبقيتْ صورتُها مذ ذاك، حيّة في ذاكرتي: جلسنا في الحديقة نتبادل الكلام، وصرنا نلتقي من وقتٍ لآخر، ثمّ أكثر فأكثر، حتى أصبحنا صديقين.

كانت مضتْ شهورعلى لقائنا حين باحتْ لي سلمى بمكنوناتها وأخبرتني بقصّتها. ولأخفّف من أوجاعها، بحتُ لها أنا أيضاً بما لا يعرفه أحدٌ عنّي، إذ اعتدتُ إحاطة ذاتياتي بالكتمان. أخبرتُها عن رحيل كلارا المفاجئ، الذي لم أدرك سرّه قطّ، وقد تركني في ضياع يفوق الوصف. لكن، كي أشجّعها على الخروج إلى الضوء من النفق الذي هي فيه، أوردتُ لها نصفَ الحقيقة. قلتُ لها إنّي تخطّيتُ فراق كلارا، على الرغم من ولهي وهيامي بها، وبدأتُ بناء حياتي من جديد. لكنّ الحقيقة هي غير ذلك تماماً. فأنا ما زلتُ أسيرَ حبِّها، لا سبيل لي لمحو صورتها الماثلة أمامي على الدوام. وكلّ ما فعلته لنسيانها ذهب أدراج الرياح.

توطّدتْ علاقتي بسلمى، وصارتْ تزورني في شقّتي في حي لوتيسيا، وأزورها في شقّة مونروج، لكنّنا لم نتخطَّ يوماً حدود الصداقة البحتة. ومع مرور الوقت، ازداد إعجابي أكثر فأكثر بطبعها المستقيم وقيمها الرفيعة، ما ندرَ وجوده في زمننا، ورغبتُ في معرفة المزيد عن نشأتها وبيئتها. ومختصر القول أنّ هذه الصبيّة، ابنة المُدرِّس وربيبة البيت المتواضع، التي حضرتْ إلى هنا طلباً للعلم، إنّما هي أميرة ولِدتْ وترعرعتْ في قصر أمير، في المعنى الروحي والانساني للكلمة.

كانتْ سلمى تُحضِّر نفسها للعودة إلى البلاد ولقاء أهلها بعد سنين من الغياب، حين بانتْ عليها، منذ نحو ستة شهور، أولى دلائل المرض. كانتْ مفاجأة لها مؤلمة للغاية. لكنّها واجهتها بنبل وعزيمة، فلم أسمعها تشتكي أو تتذمّر يوماً. خضعتْ لجراحة في الصدر، ثمّ لعلاج كيميائي طويل أنهكها. كانت أوقات عصيبة تحمّلتْها بشجاعة وتفاؤل. لم تُخبِر أهلها، وأخفتِ الأمر عن كلّ معارفها، وبقيتُ أنا إلى جانبها على الدوام.

لم أجد نفسي إزاء حالة كهذه من قبل. حرِصتُ بشدّة على عدم إشعار سلمى بما يعتريني من ارباك واضطراب. مع

ذلك، لم يكن الأصعب في مرافقتي مرض سلمى هو علاقتي بها، بل علاقتي بنفسي. رأيتُ في ما أصابها ظلماً لا أحتمله، وقدَراً غاشماً لا أرضاه. لكن لم ينتهِ الأمر عند هذا الحدّ. قلتُ في سرّي: لا يمكنني الوقوف متفرّجاً عليها، عاجزاً أمام عذاباتها. وتكوّن لديَّ شعورٌ طاغٍ بأنّه تقع عليَّ أنا مسؤولية شفائها.

ليس هذا الشعور غريباً على عوالمي، وإن كنتُ لا أتحدّث عنه. طالما نظرتُ بحزن إلى حال الناس، خصوصاً القريبين من المريض وأحبّته، كيف، على الرغم من آلامهم، لا يستطيعون له شيئاً، ويدعونه يستمرّ وحيداً في أوجاعه، وفي طريقه المرسوم إلى موته. ماذا يمكنهم ان يفعلوا؟ لا أدري. لكن رغماً عنّي، وفي معزل عن إرادتي وتفكيري، أحسّ أنّ في هذه الحال شيئاً من الحيوانية التي يأباها سلطان الروح. وهي تذكّرني على نحوٍ ما، يا لغرابة التشبيه، بحال القطعان البريّة التي، حين يستفردُ الأسد بواحدٍ منها ويقبض عليه، بدلاً من أن تتضامن مع الضحيّة في هجمة جماعية على المفترِس، تجفل قليلاً، ثمّ تعود إلى مكانها كأنّ شيئاً لم يكن، تاركةً الضحية بين براثن الوحش النهِم على بُعد أمتارٍ منها. وأنا يؤلمني كثيراً هذا المشهد. أشعر أنّي أملك طاقةً في داخلي، قادرة على شفاء سلمى، إن أدركتُ كيف التعامل معها، وأحسنتُ

توجيهها. هكذا على مدى شهور، صار وقتي موزّعاً على أمور ثلاثة: مرافقة سلمى، من جهة، والانصراف اليومي، من جهة أخرى، إلى عزلة سرّية، طويلة، في بيتي كما في أمكنة عديدة أخرى، أقوم فيها بالتركيز العميق عليها، والتأمّل في حالها، والصلاة لخلاصها، إضافةً إلى بحثي الدائم عن لغز اختفاء كلارا المحيِّر، المضني، ما سأورده لاحقاً، الذي بات يلازمني كظلي، لا يفارقني ليلَ نهار.

تكلّلتْ عملية سلمى بالنجاح، كذلك علاجاتها، وبدأتْ تتماثل شيئاً فشيئاً للشفاء. كانتْ وصلتْ إلى مرحلة النقاهة، حين داهمتها المنيّة. لم تكن السكتة القلبية التي ألمّت بها، ناتجة من مرضها، بل من أسباب أخرى لم تُعرَف تماماً. كانت خِدعة من خِدع القدَر، الذي أصاب سلمى من مرمى مفاجئ، غير متوقَّع أبداً. لم أسلم من الشعور المفجع بالتقصير، ولا من عذاب الضمير، تلازمني وتقضّ مضاجعي فكرة واحدة: لو أمضيتُ وقتاً أطول، وانصرفتُ إلى تركيزٍ أعمق، متأمّلاً، بكلّيتي، وليلَ نهار، في حال سلمى، لجنّبتها سهم القدر الأعمى.

-٢-

يتقدّم القطار بركّابه القلائل مجتازاً البراري الموصِلة إلى محطّته الأولى، في هذه الرحلة الصباحية الطويلة، منتصف الأسبوع، التي يلفّها ضباب الشتاء وصقيعه. يصعب أن يكون أحدٌ سواي متّجهاً اليوم إلى مرفأ سولاك. ما زالت تُهيمن عليَّ الفكرة نفسها. لا يُعقَل أن تكون سلمى زالتْ من الوجود، لحظةَ أحنتْ رأسها قليلاً ذلك المساء في شقّة مونروج. أمرٌ غير ممكن. هذا الانتقال، في لحظة، من الحياة، بكلّ أشكالها وعوالمها، بكلّ صوَرها، ومشاعرها، ورغباتها، وأفكارها، وذكرياتها، وأحلامها، إلى الانطفاء التّام، هو، لمن يشاهده عن كثب، أمر غير منطقي، غير طبيعي، وخصوصاً، وهو الأهمّ، غير حقيقي قطّ. هذا التوق إلى اجتياز البحر لرؤية والديها

١٥

وأخيها الأصغر بعد طول غياب، والنوم في غرفتها، وفي بيت طفولتها، المُحاط بحديقة البرتقال واللوز والعنّاب والرمّان، التي تعرفها شجرة شجرة، وحجراً حجرا، والمشرف من فوق تلّته الصغيرة على بحر بيبلوس، حيث كانتْ ترنو إلى المراكب العابرة، أو تتأمّل السماءالمرصّعة بالنجوم وتحلم، هذا التوق الذي كانت سلمى تتحدّث عنه بشغف قبل أن تحني رأسها، هل يمكن أن يزول؟ أنا لا أرى قطّ أنّ حياة سلمى توقّفتْ لحظةَ موتها. لا أقصد بذلك أنّها انتقلتْ إلى الحياة الأخرى، الحياة الأبدية، مع أنّي لا أنفي هذا المعتقد. وأنا، في أيّ حال، لا أتحدّث هنا البتّة عن العقائد، بل عن المشاعر. كذلك لن تحلّ في جسد إنسانٍ آخر، أو كائنٍ ما آخر. فليس هذا ما أريد قوله أيضاً. أشعر بقوّة، بأن موتها غير حقيقي، وبأنّ حياتها مستمرّة، في هذا العالم، بكامل شخصها هي، لكن على نحو مختلف.

أعود بلا كلل إلى ما سبق انحناءة رأس سلمى ذلك المساء، وأراجع طوال الوقت ما دار بيني وبينها في ساعتيها الأخيرتين. أهجس بما جرى قبيل الانحناءة، وأجهد في استعادته كاملاً من دون نقصان. كان يوحي كلامها بمدى اهتمامها بعائلتها، وعمق تواصلها معها، على الرغم من البحر والزمن الفاصلين، وأعباء الحياة والهجرة. تحدّثتْ عن تعلّق

والديها القوي، الدائم، بأمرين أساسيين: الأرض والعلم. وكيف أنّ أباها، قبل أن تغادر إلى هنا لمتابعة دراستها العليا في التاريخ الحديث حول "مجتمعات المشرق في الحرب العالمية الأولى"، طلب منها وعداً بالرجوع إلى البلاد بعد تخرّجها، وبناء حياتها فيها وليس في أيّ مكان آخر، مهما كانت الإغراءات. قال لها: "هذا الجبل هو روحنا. هو ماضينا وحاضرنا ومستقبلنا". قطعتْ له وعداً على نفسها بالعودة.

مع ذلك، كان أبوها رأى النور في مدينة "كيبيك القديمة"، على مصبّ نهر سان لوران، حيث له العديد من الأقارب المهاجرين. وهو عانى الأمرّين بعد عودته إلى "أرض الآباء"، كما يسمّيها، خصوصاً خلال "حرب السنتين" التي بدأت بها حرب الستة عشر عاماً. لم يشأ الدخول في رقصة العنف التي تأباها روحه، ولا الانتماء إلى حزبٍ أو جماعة، ما جعله موضع شبهة في ذلك الزمن المجنون، الذي ندر فيه المحايدون والمسالمون. وذات ليلة، اختطَفته إحدى الفِرَق وقادته إلى جهة مجهولة. شاء القدر أن يلتقي تلميذاً من تلامذته بين المحاربين، سهّل له الفرار. تاهَ عشرة أيام في البراري والغابات، وزوجته وولداه في قلق رهيب عليه، وليس من ضوء يُرشدهم. ولولا معرفته العميقة بأحوال الطبيعة وبجغرافية الجبل، لما عاد سالماً. مع ذلك، رفض بعدها

المغادرة، هو وعائلته، إلى كيبيك، ريثما ينتهي القتال، متناسياً نصائح الأصدقاء والأقارب، وتابع حياته نفسها كأنّ شيئاً لم يكن. رافقهم الخوف عليه كلّ يوم من أيام تلك المرحلة الرهيبة.

أستعيدُ بدقة، والقطار يعبر المدى، كل ما حدّثتُ سلمى عنه في تلك الليلة، علّني أعثر على مؤشّر ما، يلقي ضوءاً ما، على لحظة غيابها.

كي أنقل سلمى إلى عوالم أخرى، بعيداً من تلك الغرفة، ومن كل ما كانت تعيشه في حاضرها، رغبتُ في إخبارها قصصاً عشتها وطبعت نفسي. لكنّي كنتُ رويتُ لها، في مراحل مرضها ونقاهتها، الكثير من القصص، كانت تصغي إليَّ خلالها إصغاء الأطفال، بحيث لم أعد أجد بسهولة ما أقوله.

تذكّرتُ نزهة مسائية اعتدتها قبل هجرتي، فأحببتُ نقل بعض أجوائها إليها. تأمّلتُ قليلاً سلمى، ثمّ قلت: "تعلمين، ثمة علاقة خفيّة بين الطريق ورؤية الكتابة لديّ. فطالما اعتقدتُ بأن اجتيازي طريقاً مختارة أحبها، يتيحُ لي التعبير عن كل ما أودّ التعبير عنه، من البداية إلى النهاية. كأنّ الطريق ومشاهدها تنطوي على حركة لامتناهية، وعلى مراحل غير مرئية، لا حصر لها، يندرج فيها كلّ شيء: أن أجتاز طريق

حديقة الرمّان، أو طريق البعول عند سفح جبل المكمل، من مدفن يوسف بك الثاني إلى بوابة الغابة الكبرى، أو طريق مار سمعان القرن، أو طريق المنارة على الشاطئ النورماني، قبالة الجزيرتين، أو طريق نهر اللوار في جوار "المدينة الملكية"، أو طريق كفرحبق المنسابة بين حقول الزيتون والبرتقال، التي اعتدت اجتيازها معظم الأيام قبل هجرتي، والتي كان يرتسم على مدى أفقها، شرقاً، جبل لبنان، المكلّل بثلوج كثيفة، ناصعة، تخفرها شمسٌ خجول".

ثمّ أضفتُ: "غالباً ما كنتُ آتي إلى هنا وحيداً، آخر بعد الظهر، في أوقات الصحو، كما تحت السحب المنذرة بالمطر، أو عندما تعصف الرياح، لا فرق، أو أيضاً، حين، في أواخر آذار، وهو الوقت الأحبّ إلى نفسي، تنتشر رائحة زهر البرتقال، الذي يحمل أريجُه الساحر فصول طفولتي وصباي الأوّل، بلا نقصان، ويَصِلني بكل ما كان وما سوف يكون، فلا يعود من بعثرة، وتشتّت، وغياب، وزوال، فأقول في سرّي، بينما تخفت الأصوات، ويصدح شدو العندليب الأخير مودّعاً النهار: "ممَّ أخاف؟ وماذا أخشى"؟ هذي هي روح الأرض ماثلةً أمامي، وهذا هو رحيق الأبَد يحوطني من كل صوب".

نادراً ما التقيتُ أحداً على طريق كفرحبق، أو تكلّمت

مع أحد، ذهاباً وإياباً. لا يهمّني ذلك قطّ، بل أتمنّاه في قرارتي. فعلاقتي بالأمكنة، وبالغائبين، والأموات، توازي علاقتي بالأحياء، بل تفوقها ربما حقّاً، وهو أمرٌ أعرفه. هكذا، كنتُ أسير على الطريق وداخل نفسي، في آنٍ معاً، بينما تهبّ الرياح، أو ترافقني طوال مسيرتي، في أوقات الصفاء، جوقات العصافير وتهادي الفراشات، يليها، مساءً، نقيقُ الضفادع، وعواء بنات آوى الآتي من البراري البعيدة.

كنتُ ألتقي من حين لآخر رجلاً ستينياً، أنيق المظهر، رشيق الحركة، يسير وحيداً هو أيضاً، لكن في الطقس الدافئ المشمس فقط. لا بدّ أنه يسكن على مقربة من هنا. كان ينظر أحدُنا إلى الآخر بخفر، من دون تبادل التحية أو الابتسام. كان يتّسم وجهه بمزيج من الرفعة والحزن. تخيّلته قليل الكلام، قليل العلاقات، عازباً، يعيش وحيداً في بيت قديم ورثه عن أجداده. وشعرتُ أنه يحمل في داخله ذكرى حدث مأسوي كبير، طبع حياته. أكثر من ذلك، كان يتماهى هذا الرجل في نفسي، لا أدري لماذا، مع الكاتب المسرحي الذي لم ألتقه قطّ، إذ حدّثتني عنه رينا منذ زمن بعيد، وكيف أن عشيقته الشابّة، التي كانت تصغره بنحو أربعة عقود، أقدمتُ على الانتحار بعد هجره لها. كانت رينا تعرف تلك المرأة، لكنّها لم تستطع يوماً تفسير انتحارها. شغلني ذلك الحدث كثيراً في

حينه، ولا يزال، رغم أني لم أعد أعرف شيئاً، من زمان، عن الكاتب المسرحي، الذي لا بدّ أنه فارق الحياة أو تجاوز العقد التاسع من العمر.

ما زلتُ أتساءل حتى اليوم: كيف تُقدِم تلك المرأة الذكية، الفاتنة، على الانتحار، وهي في الثامنة والعشرين، لأن رجلاً يكبرها بستة وثلاثين عاماً هجرها؟ لماذا كانت شغوفاً به إلى هذا الحدّ، حدِّ الموت؟ هل كانت مولهة به، أو بما تتخيّل أنّه صورتها في نفسه، التي لم تجدها بين البشر في أحدٍ سواه؟ هل هو، ربما، استعداده الدائم للتخلّي عنها، منذ البداية وفي كل وقت، ما جعلها على هذا القدر الهائل من التعلّق؟ هل كونه لا يحبّها حقاً، بل يحبّ ذاته فيها حين كان في عمرها، هو ما أولاه هذه السطوة عليها؟ لكن، أليس عكس ذلك ما يحدث في هذه الحال، إذ تكون السطوة لها وليس له؟ لا أدري. تُراها أقدمتْ على الموت لأنها لم تفهم قط ذلك الهجر، فبقي في نظرها لغزاً مروّعاً؟ هل منبع الموت، إذاً، العجز المطبق عن الإدراك؟ وفي أيّ حال، ما أسرار تعلّق هذا الجسد الجميل، الشاب، بذلك الجسد الكهل، الهرم؟ أم أن الأمر لا علاقة له قطّ بالأجساد، بل بالأرواح فقط، وهل هذا ممكن إلى حدّ الفناء؟".

آخر مرّة رأيت فيها الرجل الستّيني، لم يكن يمشي كالعادة. كان يغفو فوق مقود سيارته المتوقّفة إلى جانب الطريق، ومحرّكها دائر. استغربت أمره، ورأيت من واجبي الاطمئنان عليه. طرقت قليلاً بيدي زجاج السيارة. استفاق، ونظر مليّاً إليّ، وأشار لي أنه بخير. ثم عاد إلى الرقاد من دون ان يوقف المُحرِّك. منذ ذلك اليوم، ما عدت رأيته.

أخبرتُ سلمى، كذلك، عن منزلٍ عند منتصف الطريق، كانت تحوطه حديقة مسوّرة، تحرس مدخلها نخلتان شاهقتان. كان ذلك البيت الكبير، الأنيق، مغلقاً على الدوام. لا شك في أن مالكيه هم من المهاجرين الكثر في تلك الأنحاء، حيث معظم القرى تضمّ نحو ثلث سكّانها الأصليين فقط، بينما يقيم الثلثان الآخران، من زمان، في الأميركتين، أو أستراليا، أو أفريقيا.

ذكرتُ لها كم يجذبني عالم المهاجرين، ويثير فيَّ تساؤلات عميقة. خصوصاً تلك الحالات التي تعرفها والدتي عن كثب، وتحدّثني عنها مذ كنت يافعاً. عن رجالٍ في ربيع العمر، غادروا، خصوصاً إلى الولايات المتحدة وأميركا اللاتينية، تاركين خلفهم أولادهم وهم صغار، وزوجاتهم الشابّات، الجميلات، ثم قطعوا كل علاقة لهم بعائلاتهم

وبماضيهم، كأنها لم تكن، وبنوا حياة جديدة في مهاجرهم، ولم يعد يعرف عنهم أحدٌ شيئاً. كان بعضهم، حين يصبح طاعناً في السنّ، يتّصل بمن بقي حيًّا من أبنائه هنا، بعد ستين أو سبعين عاماً من الغياب، ويطلب رؤيتهم، ويورثهم بعض ما يملك، أو كلّه. كيف تحدث هذه القطيعة الهائلة في بيئة تقليدية، جدّ محافظة، حيث العائلة متماسكةٌ إلى حدّ لا يوصف؟ وكيف عندما يُوجد الإنسان في مكان آخر، ناءٍ، بالغ الاختلاف، يمكن ان يُصبحَ إنساناً آخر، يبدأ حياةً أخرى، لا علاقة لها بحياته؟

ذكرتُ لها أيضاً في ما ذكرتُه: أمطرتْ سحابة عابرة، فأسرعتُ الخطى. في باحة البيت المبني بالحجر المقصوب، عند آخرالطريق، كان يروح ويجيء رجلٌ في نحو الأربعين، بما يشبه ثياب النوم. كان هذا شأنه على الدوام. لم ينظر مرّةً إليّ من قبل. لكنه بادرني ذلك اليوم، فجأة، من دون أن يلقي التحية، كأنه يكمل حديثاً طويلاً سابقاً معي، قائلاً: "أي تمثال أحببتَ أكثر في روما؟ تمثال الـ"بييتّا" لميكل أنج، أم "نشوة القديسة تيريزا دافيلا" لبرنيني؟". وابتعدَ قبل أن أجيب".

سألتني سلمى بعدها إذا كان هذا الرجل تحدّث إليَّ مرّة أخرى أم لا. قلت لها: "أجل، مرّة واحدة". أجابتني باهتمام: "ماذا قال؟". أخبرتها أنه، ذات مساء وأنا أمرّ من هناك، اتّجه نحوي واستوقفني، بالطريقة المفاجئة نفسها، سائلاً: "هل سمعتَ من قبل بانفصام الشخصية؟". أجبته: "أجل". قال: "هل ينتقل ذلك بالوراثة؟". قلت بعد تفكير، واستغراب حرصتُ على إخفائه: "تؤدّي الوراثة دوراً مهمّاً. لكن، لا يمكن التعميم. ثمّة عوامل أخرى مؤثرة أيضاً". أجابني: "يعني أنه من الأفضل لصاحب الانفصام أن لا يتزوّج، أليس كذلك؟". أحرجني السؤال، فقلت له: "لا أدري حقاً. ليس محتوماً أن تظهر الوراثة في الأولاد. تظهر أحياناً، او لا تظهر في الجيل

اللاحق، لا أدري". أجابني: "في أي حال، من الأفضل أن لا يتزوّج". ثم غادرني فجأةً مثلما استوقفني.

ساد وقت من السكينة، ومن التواصل الداخلي العميق بيني وبين سلمى، قبل أن أعود إلى الكلام. تردّدتُ في أن أروي لها أمراً آخر، بعيداً من ذلك، مسرحه سان مالو، ثم أقدمتُ عليه. قلت: "كانت لديَّ على الدوام رغبة نقل المعرفة إلى الآخر. ليس فقط المعرفة الفكرية، بل أيضاً المشاهد التي تؤثّر فيَّ، والانطباعات والأحاسيس التي تتركها في حنايا ذاتي الأمكنة والأشخاص والأحداث. أشعر أنه من واجبي فعل ذلك، وعدم ترك العوالم الجمالية التي أدركها، وقفاً عليَّ وحدي.

لكنّه لم يخطر على بالي يوماً، وهو أمرٌ لا يخطر على بال، أن هذه الرغبة ستؤدّي إلى أفعال غير متوقّعة عند من يصغي إليَّ، وصلتْ تلك المرةَ إلى خاتمة مأسوية، ما زالت تقضّ مضاجعي وتدمي قلبي.

فأنا أتكلّم أحياناً على أمور حديثة العهد، وأحياناً أخرى أستعيد ذكريات مرّ عليها زمن طويل. لكنّي أستعيدها بدقّة ووضوح، كأنّها تعود إلى يوم أمس. وهي ملكة لديَّ ورثتها على الأرجح من أمي، إذ هي قادرة اليوم على العودة، في

لحظة، ثمانين عاماً إلى الوراء، واستعادة مجريات طفولتها بقوة حضورها الأوّل.

هكذا، يطيب لي سماعها وهي تخبر، مثلاً، بصوتها الهادئ، الجميل، كيف كانت تُمضي، قبل ستة وسبعين عاماً وهي في الثامنة من عمرها، بعض الصيف في كروم البعول، في السفح الغربي لجَبل المكمل، عند عمّتها سليمة، فتذكر أصناف العنب كلها بأسمائها وأوصافها وطعم كل منها، كما تذكر الورود والأزاهير البريّة، بتنوّع أشكالها وألوانها، والعصافير والفراشات، وتلاوين الفجر والغسق ورهبة الليل وأصواته في ذلك المكان، فتنقل سامعها إلى عالم سحري تلاشى من زمان.

وتتوقف أحياناً، وهي تُخبِر، عند ذلك المساء الذي أرسلتها فيه عمتها، بعد الغروب، لملء الأبريق من العين، وقد تعالى نقيق الضفادع. وما إن اقتربت من المكان، حتى رأت على ضوء القمر الطالع امرأةً عارية تستحمّ في بركة العين، وشعرها الطويل مسدل على ظهرها. ارتعبت عائدة أدراجها بسرعة لتخبر عمتها بما رأت. هدّأت العمّة من روعها ووعدتها بأن لا ترسلها إلى العين بعد غياب الشمس. وأدركت أمي، بعد سنين، أن المستحمّة لم تكن طيفاً ولا سراباً، بل امرأة

معروفة، مضطربة الذات، درجت على إطفاء لهيب روحها في تلك البركة الباردة المظلمة.

لكن الأمر الذي أدّى حديثي عنه إلى المأساة، كان جدّ بعيد عن عوالم أمي، إذ يعود إلى شغفي بمدينة سان مالو، على شاطئ المحيط. ومع أني لم أزرها وأقم فيها إلا مرتين متباعدتين فقط، فقد ولجتُ روحها، وأضحت من "مدن الداخل"، داخل نفسي، شأنها شان باريس وبروج وأرل والبندقية وروما وفلورنسا وأورليان وفيينّا وسواها.

هكذا، غالباً ما أخبر عن أسفاري وأتوقّف عند العديد من أمكنتها. وأنا تحدّثت مراراً عن سان مالو أمام الحلقة الضيّقة من أصدقائي، في أوقات شتّى، وعن تعلّقي الغريب بالمدن البحرية المسوّرة، الذي لا أدرك كنهه.

تكلّمتُ ذات يوم على المرّة الأولى التي عرفت فيها سان مالو، كونها ارتبطتْ بنشوء حبّ كبير في حياتي. كيف أقمنا، في حينه، في فندق وديع، خارج الأسوار، يفضي مباشرة إلى المحيط، وفي المرّة الثانية في فندق داخل الأسوار، كانت تطل غرفتنا فيه على جزر صغيرة، مبهمة، يغشاها الضباب . كان ذلك في فصل الشتاء حيث لا يذهب إلى هناك أحد.

توقّفتُ في حديثي عند الليل العاصف، الحالك الظلمة. وكيف، ونحن متّحدان عميقاً في تلك الغرفة الخافتة، كانت الرياح العاتية في الخارج قد حرّرت المكان من كل ما فيه، فأضحى بكراً كما في مستهل الزمان، كما حرّرتنا، نحن، من دون أن ندري، من الماضي، ومن الآتي، وجعلتنا نغوص في الحاضر الداخلي، الدفين، الغامض، النائي، المسكون بوهم الأبدية.

تكلّمتُ على أمور عديدة أخرى. وبعد أن انصرف الحضور، وبقي معي صديقي المصوّر رئيف زين، الذي ألتقيه منذ أمد بعيد وأرتاحُ على نحو خاص لوجوده، قرأتُ له بعضاً من يوميات سان مالو، بصوت غلب عليه التأثر، وهو يصغي إليَّ بشغف، ومنها: "لم يوجد شيء قبل، ولن يوجد شيء بعد. فالذاكرة راقدة، والقلق راقدٌ أيضاً. ليس إلا جسدها الواحد، الماثل في لحظة اكتماله. لا اسم لها، ولا ماضٍ، ولا عمر، ولا هوية. مختصر الأجساد هي، ومختصر الأسماء منذ بدء الخليقة".

كانت مضت شهور طوال على ذلك اللقاء في "مقهى نورا" حين اتصل بي رئيف، ذات صباح، وطلب مني معلومات مفصّلة عن إقامتي في سان مالو، لا سيما عن الفندق الذي

نزلتُ فيه، داخل الأسوار. زوّدته بكل ما أراد معرفته عن الفندق وعن المدينة. لم يذكر لي أنه سيكون برفقة امرأة كان متيّماً بها. عرفتُ بذلك فيما بعد.

مطلع ذلك الخريف، انطلق رئيف وحبيبته، من بيروت إلى سان مالو. مرّا بباريس، من دون توقّف، واستقلا القطار فور وصولهما، مجتازَين أراضي بلاد البروتانيه البهية. وعند دخولهما المدينة المسوّرة، اتجها إلى "فندق شاتوبريان" حيث أقمتُ قبل سنين، المشيّد في المكان الذي ولد فيه الأديب الشهير، والذي تُمكن منه رؤية الجزيرة الصغيرة التي تضمّ مدفنه. سأل رئيف عن الغرفة التي نزلتُ فيها. فتشوا عن اسمي في سجلّ الفندق، فوجدوه، وأعطوه ورفيقته غرفتي. كما أكرموهما لقاء ذلك، لا أدري لماذا، إذ إنهم لا يعرفونني.

كانت دنت ساعة الغروب. قام العاشقان بنزهة طويلة فوق الأسوار، ثم تمشّيا يداً بيد في شوارع المدينة القديمة وساحاتها، قبل ان يجلسا للعشاء على ضوء الشموع في مطعم صغير أحبُّه، كنتُ زوّدتُ رئيفاً اسمه وعنوانه. تأمّل رئيف طويلاً لوحة "الإبحار الى العالم الجديد" المعلّقة في صدر القاعة، وكنتُ قد حدّثته عنها. ثم عادا في وقت متأخّر إلى غرفتهما في الفندق حيث أمضيا ليلتهما الأولى.

نهض رئيف باكراً وتأمّل وجه حبيبته النائمة نوم الأطفال، فطبع قبلة غير محسوسة على شفتيها، ثم شقّ الستارة قليلاً ونظر إلى الخارج الهادئ، البارد، فرأى قبالته في البعيد، قبر شاتوبريان، تحوم فوقه النوارس البيضاء، ويفصله عن الفندق والأسوار ما يشبه سهلاً رملياً، سرعان ما قرّر اجتيازه سيراً على القدمين، وصولاً إلى المدفن.

مضى رئيف خِلسَةً إلى الخارج، ثم وطأ الشاطئ وبدأ يسير في السهل. كان ابتعد مسافة ما، حين فوجئ، يا للهول، بالبحر يتقدّم نحوه، وقد أحاط بالمدفن الذي انفصل فجأةً عن اليابسة، وبات في لمح البصر فوق جزيرة، واستمرّ البحر في تدفّقه السريع، المريع، في اتجاه الشاطئ. أدار رئيف ظهره، وأخذ يعدو مرعوباً نحو الفندق، والبحر في أثره.

في هذا الوقت، استفاقت حبيبته فلم تجده قربها. نادته فلم يجب. استغربت الأمر وانتابها القلق. أزاحت الستارة لتنظر قليلاً إلى الخارج، فرأت رئيفاً يصارع اليمّ الذي أدركه. لم تصدّق للوهلة الأولى عينيها، ثم راحت تصرخ هلعاً مستغيثةً بأعلى صوتها.

لكن سرعان ما قضي الأمر. ابتلعت الأمواج رئيفاً أمام ناظريها، وأمام أعين روّاد الفندق الذين استيقظوا على عجل

وهرعوا إلى النوافذ، ولم يراودهم شك في أنهم يشاهدون حالة انتحار.

كان رئيف قليل الأسفار ولا يُجيد السباحة، وهو لم يرَ شاطئاً في حياته غير الشاطئ المتوسطي. لم يكن يعرف شيئاً عن المدّ والجزر على أراضي المحيط في سان مالو، حيث ينحسر البحر، بعيداً جداً، ثم يعود أدراجه، في حركته الأبدية، إلى مكانه".

‫-٤-‬

أذكر تماماً أني في تلك العشيّة، بعد كلامي على حادثة الغرق العبثية التي كان لها وقعها في نفس سلمى، رغبتُ في إدخال بعض البهجة إلى قلبها، فرحتُ أخبرها بعض قصصي مع "الرسّام الكبير"، الذي هو أشبه بالأسطورة الحيّة في عالمنا الجبليّ، حيث تنظر إليه الخاصّة والعامّة كرسّام الشرق الأوّل. وقد ربينا، سلمى وأنا وكلّ جيلنا، كما جيل آبائنا، على هذا الاعتقاد.

كانتْ سلمى كثيرة الاهتمام بمعرفتي الشخصيّة به. كنتُ التقيته وهو في السادسة والسبعين من العمر، بهامته العالية التي لم تنل منها السنون، حين انتقل إلى أوروبا بعد أكثر من

ثلث قرن أمضاه في أميركا. نزل أوّل الأمر في لندن، ثم استقرّ في منطقة باريس، قرب مدينة شامبيني على نهر المارن، في بيت من طبقتين محاط بحديقة صغيرة، كان هو منزله ومحترفه معاً، وكنّا نلتقي من حينٍ لآخر حين يحضر إلى مدينة السين. على رغم فارق السنّ بيننا، إذ هو من عمر والدي تماماً، يكبرني بنحو أربعة عقود، كنّا نبدو كرفيقين ونحن نسير في شوارع الضفّة اليسرى برشاقة، أو نرشف القهوة في هذا المقهى أو ذاك. كانت تلفتني فيه أمورٌ كثيرة، لكن ما أخبرتُ به عنه ذلك المساء، كان حول غرابة علاقته بالزمن، التي تشبه إلى حدّ بعيد غرابة علاقتي به، أنا أيضاً. كأنّ الزمن يمرّ ولا يمرّ. يمرّ في الخارج، ولا يمرّ داخل الذات. مع ما يلي من التباس في مقاربة الأشخاص والأشياء، وفي النظر إلى الأعمار، ومع هذا الشعور السرّي الدفين بالاحتفاظ بالصبا الأبدي.

كانت سلمى تتابع باهتمام وشغف ما أقوله. وكنتُ أكتشفُ أنا، من جهتي، كم أثق بهذه المرأة، وكم أرتاح إليها وأكنّ لها من الودّ والمحبّة، كي أُدخِلها على هذا النحو إلى خفايا ذاتي. وحين وصلتُ إلى القصص التي سأخبرُها بها، بدأتُ أوّلاً بنفسي. بحتُ لها كيف أشعر بأنّ النساء اللواتي من عمري، أو أصغر مني بأعوام عديدة، هنّ في نظري على الدوام

أكبر منّي سنّاً بكثير، ولا ينتمينَ في شيء إلى جيلي. قلتُ لها وأنا أهزأ قليلاً من شعوري: "تعلمين، حدثَ ذلك لي مراراً. حين أعود من وقتٍ لآخر إلى البلاد، أصادف على الطريق أحياناً إحدى النساء العابرات. أتساءل في سرّي: من تكون هذه المرأة المتقدّمة في العمر؟ وحين تصبح على مقربة منّي، تبادرني التحيّة بابتسام قائلةً: "صباح الخير يا أستاذ". أدركُ حينئذٍ أنّها من التلميذات اللواتي كنتُ أدرّسهنَّ قبل هجرتي". ضحِكتْ سلمى بشيء من الخجل.

ثمّ انتقلتُ إلى قصص الرسّام. أخبرتها أنّه في أحد الأيام التي حضر فيها من لندن إلى باريس، قبل أن يستقرّ في ضواحيها، كنّا نتمشّى، أنا وهو، في الحي اللاتيني، حين توقّف فجأةً أمام تمثال الشاعر دانتي في حديقة "المعهد الملكي"، وقد أوقعه أحد الهامشيين على وجهه أرضاً. استهجنَ الأمر بشدّة وتساءل غاضباً بصوت عالٍ: "ما هذا؟ تُرى من فعل ذلك؟ يومَ أمس كان فوق قاعدته". بينما كنّا نتابع سيرنا، انتبهتُ أنّ الرسّام أتى اليوم من لندن، فكيف رأى يوم أمس تمثال دانتي فوق قاعدته؟ سألته عن الأمر، فأجابني قائلاً: "لا أقصد يوم أمس، بل حين كنت طالباً في معهد الفنون الجميلة في باريس". كان ذلك منتصف ثلاثينيات القرن العشرين، أي قبل خمسين عاماً من مرورنا معاً أمام تمثال دانتي! انفرجتْ

أسارير سلمى وضحِكتُ من القلب.

أخبرتها أيضاً أنّه رغب يوماً في رسم بورتريه لي، وهو شرفٌ كبير قلّما يوليه أحداً. قال لي: "لنذهب ونبتع عدّة الرسم من مكتبة شارع سوفلو التي اعتدتها". كنتُ أعرف جيّداً تلك المكتبة، في الحيّ الذي أهواه وأحفظه ركناً ركناً. ما إن وصلنا إليها حتى دخلها الرسّام وتبعتُه، فاتّجه مباشرةً إلى زاوية في عمقها حيث يوجد ما يريده، من دون أن يسأل المولجين بها شيئاً، ثمّ عاد بسرعة بالأقلام وأصناف الورق المقوّى التي اختارها. فوجئتُ بالإلفة والثقة اللتين تعامل بهما مع المكان، كأنّه يرتاده كلّ يوم. سألته عن ذلك ونحن في طريق العودة. أوضح لي أنّها المرّة الأولى التي يأتي فيها إلى مكتبة سوفلو منذ انتقاله من لندن إلى هنا. قلتُ له حينئذٍ: "من أين تعرفها إذاً؟". أجابني، هنا أيضاً: "مذ كنتُ في معهد باريس للفنون الجميلة". فهو لم يطأ باب هذه المكتبة، التي تخاله يلجها كل يوم، ولا يعلّم عنها شيئاً منذ أكثر من نصف قرن.

تابعتُ قصّتي وسلمى مصغية إليّ بانتباه وفرح، ما سرّني كثيراً. أخبرتها بعد ذلك كيف ذهبنا إلى بيتي، وطلب منّي الرسّام الجلوس أمامه ساعة من الوقت ليعمل على البورتريه، فجلستُ، وراح يُحرّك قلم الرصاص، بثقة ومهارة، على لوحة

الورق المقوّى الأبيض التي نصبها بإتّقان، كأنّه يقود أوركسترا خفيّة. وبعد أقلّ من ساعة، وضع القلم جانباً ودعاني لرؤية البورتريه، قائلاً: "أنجزتُ اليوم معظم العمل، وسوف أكمله في جلسة أخرى هذا الأسبوع". شكرته، ثمّ قام مودّعاً ليستقلّ القطار إلى ضاحية شامبيني.

بقيتُ أنا والبورتريه وجهاً لوجه. وبعد قليل سكنني القلق واستبدّت بي الحيرة. كانت ملامحي مرسومة بدقّة فائقة. لكن التعبير الذي احتوته لم يرضني. لا يحقّ لي التدخّل في رؤية الرسّام، أيّ رسّام، فكيف برفضها؟ كانت لي آنذاك لحية سوداء، وبدتْ على وجهي القوّة، وشيء من العبوس، وربما القسوة، لا أحبّها ولا تنطبق عليَّ، في نظري. كنتُ أشبهُ في هذا البورتريه إلى حدّ بعيد بعض أدباء النهضة المشرقية أواخر القرن التاسع عشر. حين أفكّر الآن في الأمر، أستغرب كثيراً موقفي. لا شكّ في أنّ الرسّام كان يودّ تكريمي، وإيلاء وجهي صفات القوّة والسلطان، أو كان يراني حقّاً على هذا النحو، وله كامل الحرية في ذلك. أمّا أنا، فكنتُ أفتقد في وجهي صفات الرأفة، والحلم، وروح الطفولة، التي كنتُ أودّ رؤيتها فيه. كان الأمرُ مرّ بسهولة، وكنتُ قبلتُ بالبورتريه كما هو، لِمَ لا، لو لم يكن واضعه هو "الرسّام الكبير" نفسه. قلت في قرارتي: سيكون هذا البورتريه، وليس أيّ رسم آخر، هو

الصورة التي ستحتفظ بها الأزمنة القادمة عنّي. إذا كنتُ لا أحبُّ التعبير الذي يحمله، فلماذا تُراني أحبس نفسي فيه إلى الأبد، وأُضْحي أنا هو؟

سألتني سلمى باهتمام: "ماذا حدث بعد ذلك؟". أجبتها أنّي وقعتُ في حيرة عميقة وندمتُ على حماستي في قبول العرض. خرجتُ من الشقة واتّجهت، عند جزيرة سان لويس، إلى رصيف نهر السين، حيث أسير طويلاً حين ينتابني القلق، أو يضنيني البحث عن قرار، علّني أجده في صفحة الماء المنساب، بطيئاً، تحت الجسور المرهفة، التي تحوطها خيالات، كأنها تعرف ما بي، وتهمس لي بأشياء تنير دربي. وهكذا كان. كنت في طريق العودة، وقد دنا أوّل المساء، وبانت من بعيد أضواء جسر"سان ميشال"، حين تراءى لي أنّي وجدتُ الحلّ، وهو حلّ غريب حقاً: أقوم بمحو جانبٍ من وجهي في البورتريه بخرقة قماش، وأدّعي أمام الرسّام أني تعثّرت في الظلمة أثناء نهوضي من النوم، ووقعتُ على اللوحة، وكان ما كان!

حين ولجتُ شقتي تلك الليلة، جلست لوقت طويل أمام البورتريه. غصتُ في مقارنة مضنية بين رؤيتين لوجهي: رؤية "الرسّام الكبير" له، من الخارج، وهي أمامي، ورؤيتي

له، من داخل نفسي. كان الوجه هو هو، بكامل ملامحه وأدقّ تقاطيعه. لكن كانت الرؤيتان متعارضتين إلى حدّ بالغ، يتعذّر التوفيق بينهما. وبعد الكثير من التأمل والتفكير، استعدتُ الحلّ الذي وصلتُ إليه على ضفة السين، لكن بإلحاح أشدّ. قلتُ: "ما زال هذا البورتريه حتى الآن في عهدتي، لم يره أحدٌ سواي. إذا لم أعمد الآن إلى محوه وإتلافه، فسوف ينتشر لا محالة، وسوف يضحي هو صورتي، التي لا أريدها، على مدى الزمان". بتُّ كأني أمام مارد سيخرج، بعد حين، من قمقمه، ولن يعود لي من سيطرة عليه إلى الأبد. بعدها، اتّجهتُ نحو البورتريه ومحوتُ جانباً منه بخرقة، ثم محوته شيئاً فشيئاً كله. ثم جلستُ وتنفّست الصعداء، وغفوت من دون ان أدري، على الأريكة مُنهَكاً، حتى طلوع الفجر. وحين التقيتُ الرسّام بعد أيام وسألني الحضور معه إلى شقتي ليكمل البورتريه، أخبرته بارتباك بما جرى من تعثّر لي ووقوع، واعتذرتُ عمّا أصاب اللوحة، فأجابني باختصار: "أجل، أجل، نترك ذلك ليوم آخر". بعد ذلك، ما عدنا أتينا، لا هو ولا أنا، على ذكر البورتريه.

حلّ صمت مُربك بيني وبين سلمى، بدا منه أنها غير راضية عمّا فعلتُ، لكنّها لا تودّ لومي. ثم سألتني بعد حين: "تُرى، ألم يُدرك الرسّام أنك رفضت عمله؟". أجبتها بأني اعتقدتُ في حينه أنّه لم يدركه، أو لم يأبه له في زحمة الأفكار

والصور التي تنتابه، إذ إنه لم يعلّق عليه، ولم يتغيّر شيء في علاقته بي وسلوكه معي في ما بعد. لكنّي كنت مخطئاً في اعتقادي. بعد بضع سنين، كنّا نرتشف القهوة مع صديقٍ آخر في أحد مقاهي جوسيو، حين، في سياق الحديث، سأله الرجل لماذا لم يرسمني، فانتفض الرسّام عندها قائلاً: "هو الشخص الوحيد في هذا العالم الذي رفض أن أرسمه!". فوجئتُ، واحمرّت وجنتاي، وحاولتُ تفسير ما حدث آنذاك. لكنّه أضاف من دون ان ينظر إليَّ: "كفى. لا حاجة لنا للكلام على ذلك".

أدركُ تماماً الآن، بعد مرور هذا الوقت الطويل، وبعد غياب الرسّام عن هذه الحياة الدنيا عن عمر ناهز الخامسة والثمانين، أنّي كنتُ مخطئاً تماماً في ما فعلت، ويغمرني الندم الشديد عليه، خصوصاً أني أرغمتُ نفسي على الاختلاق لتبرير ما حصل، ما لا عهد لي به. أعلم الآن أنّي ظلمتُ كثيراً "الرسّام الكبير"، كما ظلمتُ نفسي. فالصورة التي لي عن شخصي لن تأتي بها ريشة أيّ رسّام، ولا أيّ مرآة أيضاً. إذ إنها مكوّنة من نظرتي إلى ذاتي في الطفولة والصبا الأوّل ومن مسارات حياتي الداخلية وحالاتها، على مدى زمني طويل. فأنّى لعين الرسّام أن تطول ذلك كلّه في بورتريه واحد؟ فعين الرسّام، إنما تلقط هذا الوجه، الذي هو وجهي، في لحظة

معيّنة، وفي حالة ومرحلة محدّدتين من حياتي، لا أكثر. ثمّ إنّي بالغت كثيراً في اعتبار ذلك البورتريه الصورة الوحيدة التي ستحملها الأجيال القادمة عنّي. ثمة صور شمسيّة كثيرة لي، منتشرة في كل مكان. وكان يمكن العديد من أصدقائي الرسّامين وضع بورتريهات لي، منوّعة ومختلفة، لو لم أتجنّب ذلك على الدوام، بعد ما جرى لي مع "الرسّام الكبير". وليست الرسوم وحدها التي تكوّن صورة المرء في الذاكرة الجماعية، بل أيضاً سيرة حياته وكتاباته وأعماله. ثمّ إنّي بتُّ أتقبّل الآن تعابير وجهي في ذلك البورتريه، لا بل أحبها، كصورة من صور حياتي، ولا أفهم حقاً كيف كان لي ذلك الموقف الجذري الرافض لها آنذاك. تُرى هو فعل العمر في نفسي؟

نظرتْ إليَّ سلمى، وقالت بابتسامة، مخفِّفة عنّي: "لا بأس. كلّنا معرّض للخطأ"، ثم أضافت: "لا بدّ من التحرّر من عقدة ذلك البورتريه، وألا تخشى بعد الآن أعين الرسّامين وريشاتهم". انتقلنا بعدها إلى الحديث عن موضوعات أخرى. لكنّي ما لبثتُ أن عدتُ من جديد إلى قصتي مع الرسّام. قلت لسلمى إنها، في الحقيقة، لم تكن تلك هي المرّة الأولى التي لم يتح "للرسّام الكبير" أن يرسمني فيها. سألتْ سلمى، وقد علت الدهشة محياها: "متى كانت إذاً المرّة الأولى؟". أجبتها: "لا أدري إذا كان الرسّام يعرف ذلك. أخبرتني أمي، منذ سنين،

أنّي حين كنتُ طفلاً، كانت ترضعني من ثديها في حديقة بيتنا، حين وصل الرسّام ورغب في رسمنا. كان ذلك قبل هجرته الطويلة إلى أميركا. لم تمانع أمي، لكنّ أبي رفض بشدّة. وقد أسفتْ أمي كثيراً، بعدئذٍ، لعدم تجسيدها معي في لوحة زيتية "للرسّام الكبير".

نظرتُ بعد ذلك من نافذة شقة مونروج إلى الخارج. كان المطر البطيء قد توقّف. سألتُ سلمى، وأنا أرنو إلى عابري المساء على الرصيف، إذا كانت تُحِبّ أن نتمشّى قليلاً، ثم نرتشف القهوة في مقهى قريب. لكنها لم تجب. نظرتُ إليها، فرأيتها مغمضة العينين وقد تدلّى رأسها قليلاً على صدرها. خلتها غفتْ فجأة من شدّة النعاس. لكن كانت سلمى قد فارقت الحياة.

-٥-

حين توقّف القطار في محطّته الأولى، لم ينزل منه أحد، لكن صعدتْ إليه امرأة مسنّة، أنيقة الوجه والهندام، حيّتني بلطف وجلستْ ليس بعيداً منّي. شعرتُ بحضورها الأليف، كأنّي أعرفها، وأكنّ لها المودّة. وحين غصتُ وراء هذا الشعور في حنايا ذاتي، أدركتُ السبب. هي تشبه إلى حدّ بعيد امرأة عرفتها في الماضي، كأنها صورة لما ستكونه بعد نحو ستين عاماً. سُرِرتُ لأن تلك المرأة، لن تفقد شكلَ محياها وجسدها حين تُصبح في سنّ سيّدة القطار، وستبقى لها في هذا العمر، هويّتها المرئيّة وملمح رونقها. انتصار بشريّ على الزمن، كم يروق لي إدراكه.

ليس هذا السفر إلى سولاك إلا رحلة أخرى من رحلات البحث عن كلارا. سبق أن ذكرت أنه، طوال معرفتي بسلمى، لم أذكر لها شيئاً عنها، غير هجرها المفاجئ الذي آلمني إلى حدّ لا يوصَف، قائلاً إنّي تغلبتُ على ذلك الوله وقد بات طيّ النسيان. لكنّ نسياني كلارا لا يمتّ إلى الحقيقة بصلة.

من خلال الضباب، الذي لم يتبدّد بعد، بانتْ وراء نافذة القطار بحيرة صغيرة، تحوطها أشجار الصفصاف، توالت بعدها حقول دوّار الشمس، ثم قرية وادعة فوق تلّة كثيرة الاخضرار. على الرغم من قلقي، شعرتُ بسكينةٍ من لم يسمع منذ ساعات صوتاً يخاطبه، باستثناء تحيّة سيّدة القطار الخافتة. لا شكّ في أني أفضّل، إلى حدّ بعيد، التواصل بالكتابة على الكلام، وهو شأني على الدوام. أفضّل، كلّ التفضيل، قراءة النّص على سماع الكلام، باستثناء الغناء الذي أحبّ، وبعض الإلقاء الشعري والمسرحي. الكلام يحملُ، في ما يحمله، ذات الانسان الجسديّة، بما يعتريها من ثُغَر، وما يشوبها من هَنات. أمّا النّص، فمُحَرَّرٌ منها.

أقرأ في مفكّرتي ما دوّنته أوّل من أمس: "لا بدّ أني ذكرتُ ذلك من قبل. كم عدم الفهم يقلقني ويقضّ مضاجعي، ويثير فيّ أحياناً عذابات مبرّحة. فطالما اعتقدتُ بأن حدثاً كبيراً

ينتاب الحياة الذاتيّة، ويتعذّر تماماً إدراك أسبابه ومعانيه، يمكنه دفع الإنسان إلى الجنون. إني أغبط الذين لا يتوقّفون عند عدم الفهم، ولا يعنيهم حقاً، فيستمرّون معه في حياتهم العادية كأن شيئاً لم يكن، وهم، على ما أظنّ، غالبية البشر. أمّا أنا، فلا أستطيع. لكن على الرغم من الاضطراب العميق الذي يلفّ أيامي ولياليَّ منذ اختفاء كلارا، وتوقّفِ الزمن والحياة عند ذلك النهار، أراني لم أصب بالجنون، او هذا ما يتراءى لي".

إنّه مساء الثامن عشر من كانون الأول. يخيّم الشتاء على حيٍّ حديقة لوتيسيا، ببرده القارس، ومطره البطيء، الطويل، وظلمته الحالّة باكراً على عجل. اليوم، يكون مرّ عامان كاملان على غياب كلارا، في أحد مساءات ذلك الشتاء. على الرغم من بحثي المضني عنها في كل مكان، وسعيي وراءها في كل اتجاه، لم يلح لي حتى الآن بصيص نور، ولو جدّ نائٍ، ولو بالغ الشحوب، يرشدني إليها.

ها أنا في صالة الشاي نفسها، المحوطة بأشجار الحور، العارية، الداكنة، وسط هذه الحديقة، حيث كان لقاؤنا الأوّل قبل أربع سنين، وحيث كان موعدنا الأخير الذي لم تحضر إليه. مع أنه كان يتسرّب إليَّ، على الدوام، قلق غامض، لا أدري كنهه، حين كنت أنتظر كلارا هنا أو في مكان آخر، فهي

لم تغب قطّ عن أيّ لقاء، مهما كانت الظروف. وحين كانت تتأخّر قليلاً، كانت تعتذر بارتباك ولطف، مع تلك الابتسامة الخفرة، الساحرة، التي هي ابتسامتها.

أما ذلك المساء، فلم تحضر. كان موعدنا الساعة السادسة. حين تأخّرتْ كثيراً، رحتُ أتفحّص بلهفة، من وراء بلّور النافذة الذي تغشاه حُبيبات المطر، أطياف المارّة البعيدين، ممن يعبرون الحديقة بسرعة تحت مظلاتهم، عائدين إلى بيوتهم بعد انتهاء عملهم، أو ذاهبين في اتجاهات شتّى. لكن لم يسلك أيّ طيف منهم الممرّ الطويل الموصِل إلى صالة الشاي. بقيت هناك، شاخصاً بكل جوارحي إلى كلّ ما يتحرّك، إلى حين الإعلان عن قرب إقفال الحديقة. بعدها، وقفتُ ردحاً من الوقت تحت مظلتي، أمام البوابة المغلقة. ثم عدتُ إلى بيتي، علّني أجدها هناك.

لم تكن في البيت. انتظرتُ أن أسمع طرقاً على الباب في لحظةً، أو في أخرى، أو أن يرنّ الهاتف. بقيتُ هكذا طوال الليل لم يغمض لي جفن، وأنا في حالٍ مزرية، من دون إشارة ما منها، إلى حين بدء زقزقة العصافير في فناء المبنى، فأدركت أنه الصباح. اتصلتُ بصديقتها الوحيدة، ساره. لم تكن تعرف عنها شيئاً. طلبتُ منها الاتصال بأهل كلارا، المقيمين في

شنغهاي، حيث يمارس والدها، منذ سنين، عمله الدبلوماسي. لكن رجتني سارة الانتظار بعض الوقت وعدم إثارة قلقهم. لم يكن يعرف والدها، ولا أخوها الأصغر الوحيد الذي يعيش معهما، أيّ شيء عني. مذ التقينا، بقيتْ كلارا تقيم في شقتها، إلى حين غادرتُها قبل نحو ثلاثة أعوام لتسكن معي، من دون إعلامهم. وحين اتصلتْ سارة بهم بعد أيام، وجدتْ أنهم لا يعلمون أين هي ابنتهم. سُدّت المنافذ أمامي. خلال تلك الأيام، كنت أقصد صباحاً ومساءً "المعهد الملكي"- هو اسمه القديم الذي درجتُ، لا أدري لماذا، على استعماله- وهو المكان الوحيد الذي ترتاده كلارا باستمرار، حيث تتابع دراساتها في رسم النهضة. لكن لم أجد لها أثراً.

في مهبّ بحثي المحموم، تذكّرتُ أمراً أشارتْ إليه من زمان. قالت ذات مرة من دون سبب ظاهر: "إذا أضعتني، تجدني في سولاك". لم أتوقّف كثيراً في حينه عند تلك العبارة. لكن، بعد اختفائها، بات اسم هذه القرية البحرية البعيدة، المتوارية في شبه جزيرة ميدوك، على مسافة مئات الأميال من هنا، هو محطّ أملي الوحيد الباقي. كان أهلها يملكون بيتاً في سولاك لتمضية العطلة الصيفية، وأنا لم أذهب إلى هناك ولا مرّة. صباح السبت الذي تلا غيابها، ركبتُ القطار إلى سولاك. جلتُ في القرية، شبه الخالية في فصل

الخريف، والتي كانت تلفحها رياح قارسة. لم أترك شارعاً لم أجُبْه مراراً، ولا مقهى لم ألجه، علّي أصادف كلارا. وقد تبعتُ نساءً عابرات بمعاطفهنّ الطويلة وشالاتهنّ الخافية رؤوسهنّ، محاولاً بخفر تبيّن وجوههنّ، علّني أقع على وجهها، لكن بلا جدوى. وبعد ساعات من الدوران في الفراغ، استجمعتُ قواي وسألت رجلاً كبير السن عن بيت أهلها. كان صعباً عليَّ للغاية الإقدام على ذلك. توقّف الرجل ناظراً إليَّ، متفحّصاً ملامحي، مستغرباً أمري. وبعد صمت وتردّد، دلّني إليه، وأكمل طريقه مسرعاً من دون أن يلتفت وراءه. تساءلت بقلق: "بماذا يفكّر الآن هذا الرجل ؟". شعرت بإحراج بالغ، كأنَّ سرّي انكشف على الملأ في أرجاء القرية، وأسرعت الخطى نحو البيت، المحاط بحديقة صغيرة والمطلّ على البحر. تأكّدت منه، إذ رأيت من قبل صوراً لكلارا واقفةً أمامه، كما تذكّرتُ اسمه المحفور بأناقة على لوحة قرب بابه الخارجي، كما جرت عليه العادة في تلك الأنحاء: "الصبح الهادئ" . كان البيت مُحكم الإغلاق، كأنّ سكّانه هجروه من زمان. تأملته طويلاً، قبل أن أسرع إلى المحطة وأستقلّ، آخر لحظة، تحت جنح الظلام، قطار العودة الأخير.

منذ ذلك الحين، منذ نحو عامين، تدور حياتي اليومية، ذهاباً وإياباً، بحثاً عن طيفها الضائع، في مربّع الانتظار الآتي:

من شقتي إلى أروقة "المعهد الملكي"، ومنه إلى صالة الشاي في حديقة لوتيسيا، ونهاية الأسبوع ذهاباً وإياباً بالقطار إلى سولاك.

"دوران يائس في حلقة مفرغة"، قلت لنفسي، وأنا أتأمّل شجرة الحور الكبيرة وراء نافذة المقهى. هذه الشجرة الباسقة، العارية، الصامتة، هي الشاهد الوحيد لأسرار ولهي بكلارا، من اللقاء الأوّل إلى ساعة الغياب. وهي الوحيدة العارفة أين هي الآن. نظرتُ طويلاً إلى شجرة الحور ونظرتْ إليَّ. تُراها هي التي ذكّرتني بعد حين، بوفاة عمّي سلمان ب"ذات الرئة"، في عمرالثانية والعشرين- وهو تماماً عمر كلارا- قبل زمن طويل من ولادتي، حين لم يكن للأمراض من علاج؟ وتراها هي التي توحي إليَّ بأن الموت ليس مخيفاً قط، وأن من يقترب كثيراً منه، يشعر بسكينة لا توصَف، ولا يعود يريد العودة؟ ترى شجرة الحور تُمهِّد لتوحي إليَّ، على طريقتها، بأن كلارا لم تعد في هذا العالم؟.

كان مُقدّراً لي الانجذاب إلى كلارا موران منذ اليوم الأوّل لدخولي "المعهد الملكي". كانتْ آنذاك في الحادية والعشرين، وكنتُ أنا في الثلاثين من العمر. كنا نحضّر دروساً مختلفة، هي تتابع تخصّصها في تاريخ الفن، وأنا أنهي دراستي المقارنة في موسيقى العصر الوسيط. لذلك لم أكن ألمحها في صفٍّ من الصفوف، بل في أروقة المعهد، أو مقهاه، أو مكتبته الكبرى.

كنتُ، في هذين الخريف والشتاء الشديدي البرودة، ما إن ألج كلّ صباح بوابة "المعهد الملكي"، حتى أجد نفسي في عالم ساحر، داخل ذلك الصرح الحصين، الهادئ، المستقر، المقيم

في زمن آخر، المسكون بروحه، وبخيالات الذين قصدوه على مرّ العصور، ولم يغادروه حقاً. كانت تصل إليَّ وأنا فيه، إيحاءات عميقة، نائية، ولا تعود تبارحني. أمرٌ يصعبُ وصفه. هكذا، باتَ ذلك المكان مقيماً، نهائيًّا، في داخلي، في حضوره، كما في غيابه، بجدرانه الحجرية السميكة، الداكنة، وصالاته المزيّنة برسوم جدارية من أزمنة النهضة وما بعدها، وبأثاثه الذي من خشب الجوز، المستمدّ مسحتَه ممّا يشبه رهبة الأعماق، وبنوافذه الكبيرة، العالية، المقطّعة مربّعات بلّورية، ينساب منها النور روحانيًّا، مُصفّى، ومصابيحه البرونزية، المتلألئة بأسرار الكريستال، وخزائن كتبه، وروائحه، وأدراجه، وأروقته، وعابريه الكثر، الذين يغلب على معاطفهم الطويلة الأسود والرماديّ، بصمتهم، وخفرهم، ووقع خطاهم الخافت، الأشبه بخطى الأطياف.

أوّل ما رأيت كلارا، كانت تعبر بين العابرين في تلك الأروقة. كانت متوسطة القامة، هيفاء القدّ، رشيقة الحركة، تظهر ثم تختفي، بوجهها البهيّ، وشعرها الأشقر الأملس، وبشرتها النقيّة البياض، وعينيها الزرقاوين الواسعتين، الشديدتي التعبير، المسكونتين ببريق من المشاعر، لم أجده قبلُ في عينين، تصحبه ابتسامة حيّة، على شفتين ورديتين، رقيقتين. قلتُ في نفسي: "هذه هي". وعرفتُ منها، بعد ذلك بشهور، أنها قالت هي أيضاً لنفسها: "هذا هو".

مرّ الكثير من الوقت قبل أن أكلّم كلارا، على الرغم من تعلّقي الشديد بها، وحضورها الدائم في ذاتي، طوال النهار، منذ لحظة اليقظة الأولى، وتوقي الذي لا يهدأ إلى رؤيتها، ولو من بعيد، وقلقي البالغ إن غابتْ يوماً واحداً عن ناظري. هذا شأني على الدوام في عدم الكلام، إذ أترك الأمور تأخذ ما أسمّيه "مجراها الطبيعي"، ولعلّي أخفي، وراء ذلك، ما يكتنف طبعي من إحراج وخجل. هكذا، بقينا أسابيع طوالاً، ينظر أحدنا إلى الآخر حين نلتقي من طريق الصدفة، قبل ان ننتقل إلى ابتسامات كثيرة الخفر. وذات مساء، وجدتها في المكتبة، التي هي آية فنيّة فريدة في ذاتها، فيها ما فيها من سحر المتاحف الملكية والكاتدرائيات القوطية. كان ثمّة مكان فارغ، قبالتها، جلستُ فيه. تبادلنا التحيّة والابتسام. علا وجهها الاحمرار. ثم بعد حين، رفعتُ نظري وسألتها ماذا تدرس.

لم يكن ما جذبني إلى كلارا هو نفسه حقاً ما جذبَها إليّ. من جهتي، كانتْ تنتمي كلارا إلى صنف من النساء أعرف الواحدة منه فوراً، في أيّ مكان، إن رأيتها بين مئات الأشخاص. كانت تنطبق تماماً على تلك الصورة التي أحملها في أعماقي، منذ البدء. لكن، تُرى أيّ بدء؟ لا بدّ أن صورة المرأة المنشودة، تكوّنتْ في طفولتي الأولى، من خلال الوجوه والأشخاص والرسوم المحيطة بي، عبر مشاهدات الحياة

والطقوس الدينية والكتب. لكن أشعر أيضاً أن هذه الصورة هي أعمق رسوخاً بكثير، في ذاتي. كأنّها مقيمة فيَّ منذ ما قبل ولادتي. وكأنّها آتية إليَّ من أزمنة وحيوات أخرى، تتخطّى ذاكرتي ووعيي. وكأنّي أحملها، بين ما أحمله من أسرار، في خلايا جسدي وثنايا روحي. ولعلّ لقائي كلارا في ذلك المكان المؤثر الذي هو "المعهد الملكي"، قد أولى شخصها أبعاداً جمالية، وشعورية، وروحية، إضافية، بحيث باتا، هو وهي، متّحدين في ذاتي. أضحتْ هي امرأة "المعهد الملكي".

أمّا، من جهتها، فلم يكن ليخطر في بالي قطّ، ولا في أقصى تخيّلي، السبب الذي جذبها إليَّ. وهي لم تبح لي به إلا بعد ان توطّدت علاقتنا، حين تركتْ شقتها لتقيم معي في حيّ لوتيسيا. ذات يوم أحد عاصف لم نغادر خلاله البيت، نظرتْ إليَّ طويلاً في وقتٍ متأخّر من الليل، ثم قالت: "أودّ مصارحتك بأمر لم أذكره لكَ ولا مرّة من قبل". حبستُ أنفاسي، وخشيتُ ما ستقوله. سألتْني: "هل تعلم لماذا لفتَّ انتباهي، منذ البداية، بهذا الوضوح وهذه القوّة؟". أجبتها وقد فاجأني السؤال: "كلا، لا أعلم". تردّدتْ كلارا في الاستمرار في تلك المحادثة، ورغبتُ في الخروج منها إلى أمورٍ أخرى. لكنّي طلبتُ منها بإصرار إكمال ما تقوله. باحت لي حينئذٍ بأنّها كانت ستأخذ هي المبادرة إلى مخاطبتي والتعرّف إليَّ، لو لم أفعل. ثم

قالت، ايضاً، إنّها، في البداية، رأتني قبل ان أراها، وقد أصابها ذلك بقدرٍ من الذهول، كادتْ أن تتلاشى معه قواها، لو لم تتمالك نفسها وتبتعد. أخذ منّي العجبُ مأخذه وسألتها: "لماذا يا كلارا؟ لماذا يا حبيبتي؟". نظرتْ إليَّ وقد اغرورقتْ عيناها بالدموع، قائلةً: "لأنَّكَ، يا للأمر الذي لا يُصَدَّق، تشبهُ تمام الشبه خالي الوحيد، الذي قُتِلَ، في الثلاثين من عمره، في مثل سنّك، خلال الحرب الكبرى الثانية، في جبال الأردين". ثم اتجهتْ إلى خزانتها، وعادت بصورة بالأسود والأبيض، قائلةً: "أنظر". نظرتُ، فوجدت ملامح شبه بيني وبين هذا الضابط الشاب، المرتدي بذلته العسكرية، مطلع أربعينيات القرن الماضي، لكن ليس إلى الحدّ الذي رأته كلارا.

من حيث هي لا تدري، ولا تريد، ألقى بوحُ كلارا المفاجئ، حصاةً كبيرة في بحيرة ذاتي، محدثاً فيها تموّجات وارتدادات كثيرة. ساد بيننا، بعدئذٍ، صمتٌ طويل، استسلمتْ كلارا بعده للرقاد، كمن أنزلَ حملاً ثقيلاً عن كتفيه. وبقيتُ ساهراً، شاخصاً إلى النافذة، التي يرتسم وراءها ليلٌ ماطر، حالك الظلمة، وأنا غارقٌ في خضمّ من الأسئلة والهواجس، بلا انتهاء.

"تُرى أيّ لعبة يلعبها معي القدر؟"، قلتُ لنفسي. لا شك في أن ثمّة تشابهاً بين بعض البشر، لكن كيف تصوّرت كلارا

هذا الشبه المبالغ فيه في نفسها، خصوصاً بين شخصين، لا علاقة لأحدهما بالآخر قطّ، وقد وُلِدَ أحدهما قبل الآخر بعشرات السنين، وهما ينتميان إلى عالَمَيْن، وزمنين، على هذا القدر من البعد والتباين؟ عالَمَيْن يفصل بينهما البحر، والمدى، واللغة، ومتاهات التاريخ، وأنماط الحياة والقِيَم، وبنى المجتمعات وتراثاتها وثقافاتها؟

ثمّ كيف يحدث، في اليوم الأوّل لدخولي "المعهد الملكي"، أن ألتقي هذه المرأة، التي سلبتْ قلبي مذ وقع نظري عليها، وأن يكون هذا الرجل أداة التواصل بيني وبينها؟ كأنّها، في سياق غريب من المصادفات، هي رسولته إليَّ. تُرى لماذا؟

ثمّ، وهو سؤال كبير لا أستطيع الإجابة عنه، ولا يمكنني طرحه على كلارا قطّ: تراها كانت انجذبتْ إليَّ، وتعلّقتْ بي بهذا الشغف، لو لم أكن أشبهُ، في عرفها، هذا الرجل؟

هكذا، بتُّ مُحاطاً بكثيرٍ من الظلال. كان الوقت قد تجاوز الثالثة فجراً حين أويتُ، بتؤدة، إلى الفراش. استيقظتْ كلارا قليلاً، أو ربما لم تكن مستسلمة للكرى طوال الوقت، وطبعتْ قبلة على شفتيَّ، ثم ضمّتني بقوّة بين ذراعيها. وبقينا هكذا متعانقين ونحن نائمان، حتى الصباح.

حين توقّف القطار في محطّته الثالثة، بانتْ عن يميني قريةٌ في أسفل الغابة، كثيرة الرونق، عميقة الهدوء، يجتازها نهرٌ صغير، ويحوطها الضباب الرهيف نفسه. بدأ المطر يهطلُ رذاذاً. نزلتِ السيّدة المسنّة من القطار وفي يدها مظلّتها، بعد أن ودّعتني بابتسامة عذبة، كثيرة الخفر، كأنّها أدركتْ ما أشعر به نحوها. قلتُ في نفسي: "هذه هي قريتها". دقّتْ ساعة المحطّة الثامنة صباحاً. تمنّيتُ لو أستطيع البقاء بعض الوقت في تلك القرية، فأسير في أزقّتها، وأتأمّل نهرها من على أحد جسورها، وأكتبُ في أحد مقاهيها، وأدنو من سرّها، وألج روحها. سأتوقّف فيها، خلال رحلتي القادمة إلى سولاك.

صعدتْ إلى القطار امرأة في حوالى الأربعين، ترافقها ابنتها الصغيرة. جلستا على مقربة من مكاني. حين يكون القطار شبه خالٍ، يتجمّع الركّاب، خصوصاً النساء منهم، في صورةٍ لاواعية، حيث يتواجد ركّاب آخرون. يشعرهم ذلك، على الأرجح، بالأمان إزاء غريبي الأطوار من المسافرين. كانتِ الفتاة تحدّق إليَّ وإلى غلاف الكتاب في يدي، الذي لم تُدرِك لغتَه. سألتني فجأةً: "هل أنتَ روسيّ؟". أجبتها مبتسماً: "كلا". تدخّلتِ الأمّ ونهرتْها بلطف. استمرّتْ في النظر إليَّ، وفي فكرها سؤال مُلحّ، لم تعد تجرؤ على طرحه: "إذاً، من أين أنتَ؟". استغربتُ لماذا فكّرتِ الابنة بأنّي روسيّ. لأنّه، في حيّ لوتيسيا، هناك ديرٌ روسيّ قديم، متوارٍ وراء أشجاره، يعود بناؤه إلى القرن الثامن عشر، كان يزوره، من حينٍ لآخر، رهبانٌ شبّان روس، بلباسهم الأسود التقليديّ. لا أدري لماذا كان بعض سكّان الحيّ يعتقد أني روسيّ، وعلى علاقة ما بهذا الدير، الذي لم ألج بابه يوماً. كنتُ أخبرُ كلارا بذلك، فتبتسم. لكنّي لم أخبرها قطّ كم كنتُ أغبطُ في سرّي أولئك الرهبان، وأودّ أن أكون أحدهم، لأنهم في مطلع العشرين، وأنا في مطلع الثلاثين.

صعد أيضاً إلى القطار رجلٌ عابس الوجه، مقطّب الجبين، ينظر حوله شزراً، في يده حقيبة سفر صغيرة، ذهب

وجلس وحيداً في الجهة المقابلة. أشاع حضوره شيئاً من التوتّر في أرجاء العربة. وهو ما جعلني أستعيد حواراً غريباً، بيني وبين أحد رفاق صباي، مضى عليه زمنٌ طويل. ما زال ذلك الحديث يشغل بالي، ويثير في نفسي الأسئلة والمخاوف. كان ذاك الشاب اليافع، ذكيًّا، حسّاساً، هادئاً، لا ميل له إلى العنف. مع ذلك، اقتنى مسدّساً صغيراً، يُشعره ببعض الأمان في تلك المرحلة البالغة الاضطراب، الحافلة بالأهوال. كما أنّه، بدأ يكتشف في سنّ مبكرة، مذهولاً، عالم الشرّ، بما فيه من فِخاخ، ومكائد، ومآسٍ. كنّا، مرّةً، نجتاز إحدى الغابات، حين حدّثني، بكثيرٍ من التفصيل، عن رجلٍ وامرأة عرفهما عن كثب، وأدرك ما في نفسيهما من تعقيد، ومراوغة، وقسوة لا ترحم، وقدرة على جرّ الناس إلى المهالك، من دون تردّد ولا يقظة ضمير. قال إنّ المرأة فاجأته وأحزنته أكثر من الرجل بكثير، لأنه لم يكن يتخيّل وجود هذا الصنف من النساء في الطبيعة. تساءل كم سيوقعان من الضحايا على طريقهما الطويل، المقبل، وكم سيتركان وراءهما من الفواجع والآلام. ثمّ تحسّس مسدّسه، قائلاً: "أشعر بما يشبه الفرح، بأنهما، على الرغم من شخصيهما البالغي التشابك والغموض، وقدراتهما التي لا تُحَدّ على الأذيّة، هما، في الوقت نفسه، شديدا الهشاشة، على نحو مأسويّ لا يُصدَّق". ثمّ أضاف، مبتسماً:

"تكفي رصاصة رهيفة، واحدة، لتنهي كلاً منهما في لحظة، ولتفككِّ كيانيهما نهائيًا، إلى غير رجعة، حتى آخر ذرّة منهما. هذه الرصاصة البائسة، أقوى منهما بما لا يُقاس. وهي في حوزتي". مع أنّ ذلك الشاب لم يقدم بعدئذٍ على أيّ فعل، فما زال حوار الغابة، مذ ذَاكَ، يملأني قلقاً وارتياباً حول فكرة القتل.

غطَّ الرجل المتجهّم الوجه في نوم عميق. ما برحتِ الفتاة الصغيرة تسترق النظر إليَّ وإلى كتابي. وحين وضعتُ الكتاب جانباً، ورحتُ أدوّن أشياء على دفتري، من اليمين إلى اليسار، ملأتِ الدهشة عينيها، لكنها لم تجرؤ على السؤال. ابتسمتُ لها، من دون المزيد.

كي لا أضيفَ حزناً على أحزانها، لم أخبر سلمى ماذا حلّ بذاك الرجل الذي سألني فجأة، وأنا أمرّ أمام منزله، أيّ تمثال أحبُّ أكثر، أل "بييتا" لميكل أنج، أم "نشوة القديسة تيريزا دافيلا" لبرنيني، وغادرني قبل أن أجيب. بعد بضعة شهور، لم أعد ألمحه وهو يروح ويجيء ببطء في باحة دارته، غارقاً كالعادة في صمته وعزلته المطبقين. كما أنّ بيته أضحى مُغلقاً على الدوام، والثمار متساقطة على أرض الحديقة، ولا من يلمّها. وحين سألتُ عنه، حزنتُ عميقاً لما آل إليه. مع أنّه

لم يتعاطَ طوال حياته السياسة، فلا أحد يدري ماذا دهاه ذات يوم، حين خرج يوزّع على الناس، بنفسه، منشوراً من نصّه وتوقيعه، يكيل فيه انتقادات عنيفة لشخص الطاغية المُستَتِر، الذي كان يبسط على البلاد، من وراء حاكمها الظاهر، سلطةً مطلقة لا ترحم، مفرّغاً القوانين والمؤسسات من مضامينها وأدوارها. كان الخوف متسرّباً إلى كل نفس، وإلى كل مكان، ولم يكن يجرؤ أحدٌ على إبداء رأيه في أيّ شأن. كان خروج الرجل على الناس بهذا البيان، عملاً انتحاريًّا، لا لبس فيه. ولم يكتفِ صاحبه بتوزيعه هنا وهناك، بل قصد أيضاً مركز المخابرات العامّ، الذي كان يخشى الناس حتى المرور قربه، وأوقف سيّارته أمامه، وراح يرمي بعشرات النسخ من بيانه في الهواء. أُلقيَ القبضُ عليه ليلاً، وانقطعت مذ ذاك أخباره، ولا أحد يعلمُ ماذا حلّ به. سرتْ عنه شائعات كثيرة، منها ما تقشعرّ له الأبدان.

"ثمّة خيط رفيعٌ، واهٍ، بين الحياة والموت"، قلتُ في قرارتي. أعرف ذلك تمام المعرفة، ولا أدري لماذا يفاجئني في كل مرّة وأتوقّف مجدّداً عنده. إنّها لهوّة سحيقة من الأسرار، أنّى لي الإحاطة بها، في هذا العمر الواحد، العابر، الذي هو عمري. كان، قبل سنين، نهارٌ صيفيّ بالغ الحرّ في المدينة المشرقية المسكونة بالحروب. وكانت، على مداخل المدينة،

وفي كلّ أحيائها، زحمة سير خانقة، تحت شمس ساطعة ملتهبة، ولا نسمة هواء تُرجَى. كانت كلّ ثانية من الثواني حبلى بخطر الانفجار، وكلّ العالقين في بحر الحديد الحامي يُدركون ذلك ويفكّرون فيه، كلٌّ في سرّه. كان عليَّ الوصول في الوقت المحدّد عند الطبيبة، لأودعها ملفّ شخصٍ مريض، عزيز عليَّ، لم يستطع الحضور من حيث هو. بتُّ على مقربة من عيادتها. لكن "حيّ الحمراء" كان من الازدحام بحيث لا مجال لركن السيارة–السجن التي حُبِسْتُ فيها، في أيّ مكان. درتُ طويلاً على نفسي، وسط عبق الدخان، وضجيج الأبواق والأصوات، وتداخل الأشكال والوجوه. وحين، أخيراً، استطعتُ الوصول إلى العيادة، وجدتُ طابوراً من المنتظرين، رجالاً ونساءً، من كلّ الأعمار، وقد كوى الحرّ وجوههم، وارتفعتْ قبالتهم على الحائط، رسومٌ باهتة، لا توحي بشيءٍ. رميتُ بنفسي مُرهقاً على مقعد في طرف القاعة، والعرق يتصبّب من أنحاء جسدي. تمنّيتُ لو يحدث الانفجار، في لحظة، ويمحو، بلمح البصر، التفاصيل المضنية، التي حِيكَتْ منها كلّ تلك الأفعال، ويُنهي كلّ شيء.

بإشاراتٍ ولمساتٍ متباعدة، رسمتْ كلارا، على مرّ الوقت، صورة خالها كميل، في حياته ومماته. كنتُ أتابع بانتباه كلَّ ما تذكره عنه، وأحفظه في نفسي. لم تكن تعرفه

إلاّ من الصور المأخوذة له، ومن كتاباته ورسومه، وما تخبرُه والدتها وجدّتها عنه، كونه توفّيَ قبل أن ترى النورَ بزمن طويل. كان هو الأخ الأكبر، والمثال الأعلى أيضاً. كان يكره الحروب ويرى في العنف تجسيداً للجانب الحيواني في الانسان، واستمراراً لموروث البدائية والتوحّش، لم تستطع الروحانيات الشرقيّة، ولا تطوّر الأفكار والعلوم في الغرب، محوه من الطبيعة البشريّة. هكذا، ذهب إلى الحرب الكبرى مُرغَماً، في مهبّ التعبئة العامّة لقوى المقاومة. كما أنّه لم يُقتَل في المعركة، بل في عملٍ إنساني دفع حياته ثمناً له.

كانت الثلوج تغطّي ضفاف نهر الشيرز، شبه المتجمّد، حيث مركزه، وتكسو أشجار الشربين والصنوبر، على مدّ النظر، وقرميد البيوت، القليلة، المتباعدة، المُطفأة على الدوام، تمويهاً، في جوٍّ من البرد القارس والسكون والانتظار. مشهدٌ من مشاهد الأعياد الشتويّة في صوَر الطفولة. فجأةً، عند هبوط ذلك المساء، دوَّتْ قذائف مدفعية، استهدفت المركز، لكنّها لم تصبه. انفجرتْ إحداها في بيتٍ من طبقتين، على الضفّة الأخرى من النهر، سرعان ما تصاعدتْ منه ألسنة النيران، وعلا صراخ الاستغاثة، الذي امتزجَ فيه على نحوٍ مُفجِع عويلُ الرجال والنساء والأطفال. من دون أن يتردّد لحظةً، اندفع كميل بكلّ قواه، فوق الثلج والجليد، نحو الجسر الموصِل إلى

البيت، غير عابئ بما أطلقه رفاقه ورجاله من نداءات صارخة له بأن يعود، كون الخطر كبيراً والمهمّة مستحيلة. وما لبثتْ أن انفجرت دفعةٌ جديدة من القنابل، أودتْ به قبل بلوغه الجسر.

وعلمتُ، مع الوقت، أنّ كميل بلونديل كان كاتباً ورسّاماً، ويهوى التصوير الفوتوغرافيّ. لم يكن يكترث بالأنواع الأدبية. لذلك، تندرج كتاباته كلّها في أدب اليوميّات والرسائل. أما رسومه، فمتأثرة بالمنحى الانطباعي. وفي سنيّه الأخيرة، افتُتِن بالشرق، خصوصاً عالم الصحارى. قام في العام ١٩٣٦ برحلة إلى بادية الشام، تلتها بعد عامين، رحلةٌ إلى صحراء اليمن، دوّن خلالهما الكثير من الانطباعات، ووضع الكثير من الرسوم والصور. وبعد غيابه المأسوي، نشرت له العائلة مصنّفاً كبيراً، أنيقاً، من جزأْين، يضمّ معظم كتاباته، ويحوي مجموعة واسعة من رسومه، بعنوان "يوميات (١٩٣٤-١٩٤٤)"، وقد حرصتْ كلارا على تزويدي نسخة منه.

لكن ذلك كلّه لم يلقِ بصيص ضوء على الشبه الذي رأته كلارا بيني وبينه، ولا على المصادفة الغريبة التي قادتني، ذات يوم، إليها.

-٨-

وراء التفاصيل التي لا حصر لها، المتوالية بلا توقّف
في فسحة الذات، ووراء الأحداث، والوجوه، والمشاهد،
على امتداد النهار، كلّ نهار، ومنذ لحظة اليقظة الأولى، يَمْثُل
هاجسٌ واحد، لا حياد عنه، كلازمة مأسويَّة لكل شيء:
"كيف اختفتْ كلارا، وأين هي؟".

تُرى اختفاؤها مصادفةٌ غريبة، لا تُفسَّر، حاكتها غوامض
القدر، مثله مثل لقائها؟ من يدري؟

يتوغّل القطار أبعد فأبعد في الأراضي، وانا أعيد
الاحتمالات التي تراودني طوال الوقت، وأستعيدها، وأعملُ
عليها بلا نتيجة، علّني أعثر فجأةً على كوّة ما، تقودني إلى شيء

ما، أيَّ شيء. هل يُعقل أن تختفي صبيّة مثلها، في وضح النهار، في مثل هذه المدينة، بين "المعهد الملكيّ" وحديقة لوتيسيا، اللذين تفصل بينهما مئات الأمتار لا أكثر، حافلة بالأمكنة والصروح التاريخية، وخمس دقائق سيراً على القدمين، من دون أن يُعرَف عنها شيءٌ منذ عامين؟ أمرٌ بالغ الغرابة.

تتصل سارة مرّتين في الأسبوع بأهل كلارا في شنغهاي للاطمئنان عنهم، إذ هم في حال من القلق والخوف يُرثى لها، ولتسألهم إذا كان من خبر. كما تتّصل باستمرار بعمّتها في ضواحي أنجيه. حضرَ والد كلارا مراراً إلى مدينة السين ليتابع عن كثب اختفاء ابنته. لكن التحقيقات الواسعة التي جرتْ، وقد شملتني، كما شملتْ سارة، وإدارة "المعهد الملكي"، وجهات عديدة أخرى، بحثاً عن خيطٍ ما، عن ضوءٍ ما، لم تصِل إلى نتيجة.

"كما في كل اختفاء"، أعيد القول لنفسي، للمرّة الألف: "ثمّة أمران: إمّا الخطف، أو الاختفاء الطوعيّ". لكن، في حالة كلارا، هل يصل المرء إلى مكانٍ ما، حين يغوص بعيداً فيهما؟ على مدى الأشهر الطويلة الماضية، لم تؤدِّ جهودي المتوالية بلا هوادة، في هذا الاتّجاه أو ذاك، إلى أيّ مكان. لكنّي أستمرُّ فيها، بالعزيمة نفسها، مراجعاً كلّ شيء من جديد

من نقطة البداية، قائلاً في قرارتي: "ثمّة أمور، بديهية، بسيطة، غير لافتة، يمرّ العقل قربها من دون أن يأبه لها، تحمل في طيّاتها، ربما، بصيصَ نور".

كانتْ سارة صديقتها الوحيدة، ورفيقتها على مقاعد "المعهد الملكي". وكانت آخر من رآها ذلك المساء. كما باتتْ، بعد اختفائها، وسيلة الاتصال الوحيدة بعائلتها. أمضيتُ أوقاتاً طويلة في التحدّث إلى سارة، علّي أدرِك منها شيئاً. كانتْ تلك المحاضرة الأخيرة، التي أصغتا إليها معاً في المعهد، قد انتهتْ كالمعتاد، حوالى السادسة إلا عشر دقائق، وكان موعدي مع كلارا الساعة السادسة في مقهى حديقة لوتيسيا. ودّعت إحداهما الأخرى وذهبت كلٌّ منهما في طريقها، من دون أن تذكر كلارا لها، موعدها معي. لم تلحظ سارة أمراً غير عاديّ في تصرّف رفيقتها ذلك المساء، سوى أنها كانت شاردة الذهن بعض الشيء، ولم تدوّن ملاحظات أو تطرح أسئلة، على الرغم من اهتمامها بمسألة "جمالية الجسد ومظاهر الحياة الأرضية في رسم النهضة"، التي دارتْ حولها تلك المحاضرة. بعدئذٍ، لم تأتِ كلارا إلى الموعد، وفُقِدَ أثرُها.

كان تصرّف كلارا طبيعيًّا للغاية، في الأيام والأسابيع التي سبقتْ غيابها، ما جعلني أفكّر في احتمال اختفائها

القسري، على يد أحد الأشخاص، أو ربما إحدى الجماعات. لكن كيف؟ ولماذا؟ كان والدها شخصاً بعيداً من النزاعات والمشاكل، ملتزماً عمله وبيته، لم يُعرَف له عدوٌّ قطّ طوال حياته. ثم كيف الإقدام على خطف امرأة في هذه الأمكنة الراقية، الآهلة بالناس آخر بعد الظهر، من دون ان يلاحظ أحدهم شيئاً؟ هل تمّ استدراجها، على نحوٍ ما، إلى مكان آخر من المدينة لاختطافها؟ يصعب تصوّر ذلك. كما أن التحقيقات، التي طرحتِ الاحتمالات كلّها، لم تأخذ بفرضية الاختطاف، ورجّحتْ احتمال الغياب الطوعي، لكن من دون إدراك أسبابه ودوافعه، ولا إيضاح ظروفه ووجهته.

لكن، على الرغم من ذلك، بقيتُ أطرح في سرّي فكرة الاختطاف. انكببتُ، منذ البدء، على متابعة كل ما يتعلّق بالأحداث الجرمية في الصحافة اليومية، ممّا لم أكن التفتُ إليه من قبل. ما أدخلني عالماً غريباً، مذهلاً، كنتُ ملمّاً في الماضي بأحداثه الأكثر بروزاً فقط، وأضحيتُ الآن على معرفة بمسرحه الواسع وتفاصيله وظلاله. لم أعثر فيه، حتى الآن، على مؤشّر ذي علاقة ما باختفاء كلارا. لكن بات يمتلكني أكثر من أي وقت، الشعور بالخلل العميق، الخفيِّ، الذي تعانيه هذه الحضارة، على الرغم ممّا لها من إنجازات، علمية وإنسانية، مدهشة. ثمة أحداث تتخطّى كليًا العقل والمنطق. هل يقع اختفاء كلارا ضمنها؟

وفي الوقت الذي كنت، ولا أزال، أتقصّى فيه عن كلّ تلك الأحداث المأسوية، اليومية، كنت أغوص في ماضي كلارا، علّني أجد ما يشير، في صورة أو في أخرى، إلى غيابها. كانتْ، شأنها شأن من عرفتهنّ في هجرتي، شديدة الصدق والشفافية، في إدخالي، شيئاً فشيئاً مع مرور الوقت، إلى ماضيها، من دون مراقبة أو تمويه، خلافاً لما يمكن أن يحدث في مجتمعي الأصلي، حيث للتقاليد والأعراف وسلّم القيم عينٌ داخلية تراقب كلّ شيء في العلاقة مع الآخر، خصوصاً بين الرجل والمرأة، وتميّز بصرامة بين ما يمكن البوح به، وما يجب الاحتفاظ به سرّاً دفيناً. كان يخلق ذلك لديّ ما يشبه عقدة الذنب تجاهها، وما يشبه الخوف عليها منّي. ولمداواة هذا الواقع، وانسجاماً مع رغبة العدل والتساوي في علاقتي بها، وكي أضحي، في عرفي، أسيرَها، مثلما أضحتْ هي أسيرتي، عملتُ كثيراً، قدر ما استطعت، على إطفاء تلك العين في داخلي، وعلى كشف مكنونات نفسي أمامها، بكلّ ما فيها، ما جعلني متصالحاً إلى حدّ بعيد، مع ذاتي ومعها. لا شكّ في أنّ كلارا هي الشخص الأكثر معرفة بدواخلي في هذا العالم.

بعد مراجعتي، عن كثب، فصول حياتها، توقّفتُ عند أمرٍ كان يثير فيَّ قلقاً من زمان: علاقتها بذلك الشاب، الذي لم تذكر لي اسمه قطّ، احتراماً له، ولم أطلب منها معرفته، والذي

قرّر، وهو في العشرين من عمره، تركَ العالم نهائيًا، والانضواء في سلك "رهبان الصمت"، الذين يضيفون إلى نذور الفقر والعفّة والطاعة المعهودة، نذرَ الامتناع عن الكلام، فيمضون حياتهم في أديار بعيدة، في عزلة تامّة، مكرّسين ذاتهم للصلاة والتأمّل، وللأعمال الزراعية والحرفية. ويغلب لدى كلارا الاعتقاد بأنّه التحق في حينه، بدير "سيّدة الثلوج" في جبال السيفين، ولم تعد تعرف عنه مذ ذاك شيئاً. سألتُها مرّة إذا كان راسلها بعد غيابه. أجابت بالنفي، لكنّها أضافتْ أنه كان يكتب لها كثيراً من قبل، وهي تحتفظ برسائله كلّها.

كانت كلارا وهذا الشاب من عمر واحد، وقد عرف أحدهما الآخر منذ الطفولة، حيث اعتاد والداه، قبل انفصالهما، اصطحابه معهما إلى سولاك، كلّ صيف. وبعد طلاقهما، باتَ يرافق والده مرّة، ووالدته مرّة أخرى. لم تسرد لي كلارا قصتها معه سرداً، بل كانت تأتي على ذكر هذا الجانب أو ذاك منها، من حين لآخر، في سياق أخبارٍ وموضوعات شتّى، وكنتُ أحفظ ما تقوله في نفسي.

لم يستمرّ طويلاً زواج والده، عالِم النبات، بوالدته، عازفة البيانو النمساوية، وكان هو ثمرته الوحيدة. آلمه انفصالهما كثيراً. أمضى طفولته ومراهقته مع أمّه، في مدينة كريمس،

داخل منطقة فاخو، في وادي الدانوب النمساوي. وقد تأثّر عميقاً بروعة الطبيعة في تلك الأنحاء، الملائمة لطبعه الحالِم، المتأمّل، الداخليّ النزعة، ولحبّه الموسيقى.

دامتْ علاقة كلارا به طويلاً، من الطفولة إلى الصبا الأوّل. كان من يراهما يظنّ أنّهما خُلِقا ليكونا معاً. لكن الحقيقة لم تكن كذلك. كان ثمّة حبٌّ من طرفٍ واحد. على الرغم من تقديرها العميق له، وإدراكها مزاياه ومواهبه الجمّة، وتعلّقها به كصديقها الأقرب طوال تلك السنين، فهي لم تكن تبادله الحبّ. كانت تلمس بوضوح رغبة والديها في أن ترتبطَ به، مع أنّهما لم يحدّثاها عن ذلك قطّ. لكن الأمرَ لم يكن في يدها. هكذا، لم يعترض والداها على دعوته لها، أكثر من مرّة، لمرافقته إلى فاخو، التي جالت معه في أنحائها، على ضفاف الدانوب الساحرة، وبين القرى القديمة، الوادعة، والتلال المكسوّة بكروم العنب وجنائن المشمش، وباتتْ، مثله، كثيرة التعلّق بتلك المنطقة. وتدين له كلارا بإسهامه في تقريبها من الطبيعة والتفاعل معها، كما في تذوّقها الموسيقى الكلاسيكية، إذ كانت تصغي طويلاً إلى عزفه وعزف والدته على البيانو، واكتسبتْ، برفقتهما، محبّة خاصّة لأعمال باخ وليستْ وشوبرت، التي ولجتْ عالمَها الجمالي. كما تمرّستْ، عبره، في الثقافة الجرمانية، التي كان يعتبر فينّا، وليس أي

مدينة أخرى، عاصمتها الحقيقية. وأضحتْ لغة كلارا الثانية
هي الألمانية.

سألتني مرّةً، إذا كنتُ أؤمن ب "الروابط الخفيّة". أجبتها
بأن هذا الموضوع كثير التشعّب. فإذا كان الأمر يتعلّق بالتعبير
الشعري، مثلاً، فلا شكّ في أنّ الحالة الشعرية قائمة، إلى حدّ
بعيد، على الروابط الخفيّة بين الأشياء، فيما يتخطّى الوعي
والعقل، نحو عوالم فسيحة، عميقة، نائية، غير خاضعة لسلطة
الإدراك والمنطق، لكنّها موجودة فعلاً، يحسّ بها الشاعر،
ويطمح إلى التعبير عنها. لكنّه، في الحقيقة، لا يستطيع التعبير
إلّا عن جزءٍ بسيط منها. لكن هذا الجزء يكون كافياً لتضمين
تعبيره السرّ والسحر. أقصد هنا، قلتُ لها، الشعر الحقيقي،
وهو نادر للغاية، وليس الفيض المتكاثر ممّا يوصف ب
"الشعر"، الذي يخفي فقدانه الجوهر الشعري، بصيغ وألاعيب
شكلانية مصطنعة لا طائل تحتها. وأضفتُ بأن الروابط الخفيّة
كامنة في عمق كلّ الفنون، وكلّ العوالم الجمالية.

لكنّي سرعان ما أدركتُ بأنّ كلارا لا تقصد ذلك قطّ.
كانت تتحدّث عن أمرٍ على علاقة بذاك الشاب. أخبرتني أنه كان
شديد الاهتمام بتاريخ آل هابسبورغ. ومن ضمن تعلّقه بفيينّا،
المدينة الأحبّ إلى قلبه، التي كان يعرف عنها كلّ شيء تقريباً،

كان شديد الأسف لكونها فقدتْ أسوارها. كان يعيب كثيراً على فرانز جوزف الأوّل القرار الذي اتّخذه بهدم تلك الأسوار، في العام ١٨٥٧. ومن بين الأحداث التي لا تُحصى، التي طبعتْ حياة هذه العائلة، كان يتوقّف عند حدثين اثنين، يوليهما أهميّة كبرى: انتحار وليّ العهد، الأمير رودولف، مع عشيقته، عام ١٨٨٩، وهو في الثلاثين من عمره، ومصرع والدته، الأمبراطورة اليزابيت، في جنيف، على يدّ فوضوي إيطالي، عام ١٨٩٨.

لكنّ الأمر لم يتوقّف عند حدود الاهتمام. كان يعتقد بوجود صلات غير مرئية، بين تلك الأحداث الثلاثة: هدم أسوار فيينا، وانتحار رودولف وعشيقته، واغتيال أليزابيت. وقد جمع كمّاً هائلاً من المعلومات عنها، بحثاً عن تلك الصلات، وكان يعكف على وضع كتاب، عمل عليه سنينَ، عنوانه "الروابط الخفيّة".

لكن في وقتٍ ما، بدأ ينتقل شيئاً فشيئاً، من الاهتمامات التاريخية، إلى الاختبارات الروحية، وصولاً إلى انضمامه النهائيّ إلى "رهبان الصمت". لكنّ كلارا لم تعطني إشارات توضِح ما إذا كان قراره سلوك طريق الترهّب القاسي، مرتبطاً بعدم تجاوبها مع حبّه، أم لا.

عند توقّفِ القطار في محطته الرابعة انقشع الجوّ قليلاً، فداهمني شعورٌ غريب بالقلق. أدركتُ، على الرغم ممّا أنا فيه، كم أنا مرتاحٌ ومطمَئنّ لعالم الضباب الذي يغمرني ويحميني. لكن ما لبثتْ أن وصلتْ إليَّ، فجأةً، زقزقة عصفور، من على شجرة قريبة وراء نافذة القطار. قلتُ في قرارتي: "أية بهجة لا توصَف، أية رحمة، أيّ نداء إلى عالم لا يُحَدّ، هي تغريدة هذا العصفور الواحد، تغريدته القويّة، الواثقة، النقيّة، الشفّافة، وأنا أحمل ذاتي المتألّمة إلى تلك القرية البحرية البعيدة، التي لن أحصدَ فيها، كما في كلّ مرّة، إلاّ الأوهام".

صعدتْ إلى القطار صبيّة في مقتبل العمر، بادية الحسن،

ترتدي معطفاً أسود، وفي يدها حقيبة صغيرة وكتاب. ثمّ صعد رجلٌ، غزا الشيب مفرقه. لفتتني، في آنٍ معاً، رشاقته نسبةً لعمره، وعنقه النحيل، الكثير التجاعيد. كنت أستطيع رؤية وجه الصبيّة بوضوح حيث جلستْ، ورأس الرجل الخفيف الشعر، وقد احتلّ مقعداً قبالتها، وإن لم يكن وجهاً لوجه. فتحتِ الصبية كتابها ولم تحد بعدئذٍ نظرها عنه.

تسرّبتُ إلى دخائل الرجل ذي العنق النحيل المجعّد، ودوّنتُ في يومياتي: "يستمر في التحديق إلى وجه الصبية، الفتيّة، الجميلة، الغارقة في كتابها. يوليه تحديقه الطويل شعوراً بالقدرة على تخطّي البون الشاسع، الذي يفصل بلا هوادة بين عمريهما، وجسديهما، وحياتَيهما، هي في صباها الأوّل، وهو في منحدر كهولته. يوليه تحديقه أيضاً أكثر من ذلك بكثير، إذ يوهمه – هل هو وهمٌ حقاً ؟– أنه ولج ذاتها وأصبح هو هي، وأن وجهها الساكن، البديع، أضحى هو وجهه، وعنقها العاجي، الأملس، البالغ النعومة، هو عنقه". ثم أضفتُ بعد حين، وهو مستمرٌ في تحديقه إليها: "يمكنني أن أمضي عمراً بكامله وأنا أكتب عن هذا اللقاء العابر بين هذه الصبية وهذا الرجل، اللذين لا يعرف أحدهما الآخر، ولن يعرفه قطّ. هذا اللقاء الذي لن يحدث فيه شيء، في هذا القطار شبه الفارغ الذي يحوطه الضباب، وأن أعبّر من خلاله، من دون الحاجة

إلى أيِّ أمرٍ آخر، إلى أي مشهد أو حدث آخر، عن المغامرة البشرية بأكملها، من البداية إلى النهاية".

كانت كلارا تولي اهتماماً عميقاً بالعوالم الكتابية، أكثر من أيٍّ من معارفي. فضلاً عن احتلال الشرق مكانة خاصة في نفسها، متأثِّرةً في ذلك على الأرجح بأسفار خالها ويومياته ولوحاته، كانت جدّ موهوبة لتعلّم اللغات. لكن الأهمّ والأغرب في هذه الشابّة اليافعة، تلك الملكة الفريدة لديها، في عدم التأثّر بما هو سائد ومعمّم، مهما كان قويًّا. كانت لها القدرة والثقة، في صورة بديهية لا لبس فيها، على اعتبار هذا الكاتب المغمور أو ذاك، مِمّن قرأتْ أعمالهم، أكثر أهمية بما لا يُقاس، من كتّاب متوّجين، مزدانين بالشهرة والجوائز، يقرأهم مئات الآلاف، ولا قيمة لهم تُذكَر في نظرها، و"لن يبقى شيء منهم في المستقبل"، كما تقول. كانت كلارا تنظر بحزن إلى القارئ الأدبي في الغرب، وكيف أن ملايين القرّاء لا رأيَ أدبيًا لهم، ولا يعرفون اختيار ما يقرأون. وهم ينتظرون، كل عام إعلان الجوائز الكبرى، هنا وهناك، ليهرعوا إلى المكتبات كـ"القطعان"، على حدّ قولها، فيتباعون ما تمّ اختياره لهم، من دون التساؤل عن دوافعه وملابساته ومعناه. كانت تعبّر عن رأيها علانيةً في" المعهد الملكي"، حين تدعو الحاجة، واقفة وحدها، بجسدها الناحل وصوتها الخافت،

قبالة رأي الملايين. كانت كلارا من القلّة النادرة، المؤتمنة في أعماقها، لا أحد يعلم كيف ولماذا، على ما يشبه بوصلة الجوهر. وممّا وثّق علاقتنا منذ البداية، أننا نحب الأمكنة والمشاهد نفسها، المدن، والمرافىء، والشواطىء، والأنهر، والجسور، والصروح، والساحات، والمقاهي، نفسها، والأدباء، والرسامين، والموسيقيين، والمغنّين، والمعماريين، أنفسهم، وهو أمر لافت، لم أجده على هذا القدر، لدى أيّ شخص آخر.

لا أدري حقاً لماذا اختارت كلارا ذلك اليوم، قبل شهر فقط من اختفائها، لتنظّم لي لقاءً في "المعهد الملكي"، بعنوان "زائرٌ من الشرق"، في قاعة عريقة أحبّها، يزيّنها مشهد طبيعي كبير لكورو. وقد رغبتْ في تقديمي بنفسها، وإدارة النقاش الذي تلا المداخلة. تراها قرّرتْ، مذ ذاك، اختفاءها، وكان ذلك اللقاء كأنه الوداع؟ أنّى لي أن أعلم.

كأني، في بحر الاضطراب الذي أنا فيه، والشكوك التي تتنازعني من كل صوب، واهتزاز ثقتي بملكاتي ومشاعري، أمتحن ذاكرتي وعقلي، في استعادة ما أوردتُه في ذلك اللقاء، وكأني أحاور كلارا وتحاورني، في عزلة هذا القطار، الغائص عميقاً في مجاهل الشتاء وأروقة الروح.

كانت كلمات معدودات فتحت أمامي فجأةً آفاقاً لا تُحَدّ. كانت عليَّ الإجابة عن سؤال واحد: "لماذا تكتب؟ كيف تكتب؟ ماذا تكتب؟"، واجهتني به، على نحو عفويّ، أمام تلك النخبة من طلاب "المعهد الملكي".

لماذا أكتب؟ قلتُ بعد تفكير: "أكتب لأن دعوة الكتابة هي دعوتي. أدركتُ ذلك بوضوح تامّ منذ سنّ الرابعة عشرة، أو الخامسة عشرة. آسف على أمر واحد: عدم تكريس حياتي كلها للكتابة، من دون أيّ فعل آخر". صمتُّ قليلاً، ثم أضفت: "أكتب أيضاً لأن الكتابة هي ردّي على الموت. هي ردّي الوحيد على الموت". أتكلّم في مكانٍ ما من مفكّرتي، على "المعركة الخاسرة سلفاً ضد رامي السهام الأعمى"، وأضيف: "عبثاً معرفة الملاك الكلّي المعرفة / وعبثاً رأفة الملاك الكلّي الرأفة". "الكتابة هي خشبة الخلاص"، أضفت.

حلّ في أرجاء القاعة سكون عميق، مشوب بما يشبه الدهشة، قطعته كلارا بالسؤال: "وكيف تكتب؟". أجبتُها: "منذ بدء المراهقة، حتى اليوم، أدوّن ما أسمّيه "يوميات الحياة الداخلية". ليست يوميات الأحداث ولا العالم الخارجي. بل هي يوميات المشاعر، والرغبات، والهواجس، والأحلام، والحالات الدفينة. خصوصاً تلك اللحظات التي أصفها

ب"المضاءة" أو "المتوهّجة"، التي تجتاز الذات على حين غرّة، وتنيرها من أقصاها إلى أقصاها، لا أحد يدري متى وكيف. وأنا لا أستطيع التقاط كل تلك اللحظات، بل النزر اليسير منها. فمن الصعوبة البالغة أن تعيش الروح شيئاً باهراً وتراقبه في آنٍ معاً، فكيف بعيشه ومراقبته والتعبير عنه معاً؟ طالما اعتقدتُ بأنه يلزم أكثر من حياة للتعبير عن "لحظة متوهّجة" واحدة، إذ إنها تحتوي كل شيء. وما نعبّر به عن تلك اللحظة، في حدود الوعي واللغة، هو جزء ضئيل منها. لذلك، كان يمكن ألا أنشر أبداً. بقيتُ زمناً طويلاً أكتب ولا أنشر. كنت أعتبر على الدوام أن كل ما أكتبه هو مجرّد مسوّدات لما سوف أكتبه. كنت، ولا أزال، هاجساً بما أسمّيه "الكتابة المطلقة". الذهاب باللغة والتعبير إلى اقصى حدود الإمكان. ووضع كتاب واحد لا أكثر، يكون هو "الكتاب المطلق". كنت أعرف عنوانه: "كتاب الشهادة". وفي وقتٍ ما، تراكمت لديّ في "يوميات الحياة الداخلية"، على مرّ السنين، كتابات كثيرة، على أوراق من مختلف الأشكال والأحجام، ما زلت مستمراً فيها، وأتوق إلى جمعها يوماً من البدء إلى النهاية. هذه اليوميات هي المعين السرّي الذي استمدّ منه أعمالي الأدبية كلّها".

كانت أعين الحضور شاخصةً إليَّ، كأنّي أخبرهم قصّةً مشوّقة، وأنا أحدّثهم عن كيف انتقلتُ إلى نشر كتاباتي،

فتابعتُ كلامي: "قلتُ لنفسي في حينه: "إلى أين؟". ماذا بعد هذه الكتابات المتراكمة على مدى الزمن؟ متى الوصول إلى "الكتابة المطلقة"؟ وبدأت أسأل نفسي: "هل الكتابة المطلقة حقيقة، أم وهم؟". وشيئاً فشيئاً، عملتُ على إقناع من في داخلي، بإمكانية النشر. قلت له: "لن ننشر "كتاب الشهادة" قبل الوصول إلى "الكتابة المطلقة". لكن، لننشر كتاباً عنوانه "مقدمة لكتاب الشهادة"، مجرّد مقدمة لا أكثر". كنت آنذاك في مدينة السين، وعملتُ على الصيغة النهائية لنصوص "المقدمة" شهوراً طويلة. لم تبقَ مكتبة، او حديقة، او مقهى، من تلك الأمكنة التي أحبها، إلا ودوّنتُ فيها شيئاً من "المقدمة". وقبيل صدور الكتاب بقليل، واجهتُ هذا الذي في داخلي، قائلاً: "إذا كنتُ أمضيتُ هذا الزمن الطويل لأصل إلى المقدمة، فكم سأمضي من السنين لأضع الكتاب؟". وأضفتُ له: "ليست هذه مقدمة لكتاب الشهادة، بل كتاب الشهادة عينه. والبحث أكثر من ذلك عن الكتابة المطلقة مجرّد وهم. فهذه هي الكتابة، وليس هناك من كتابة سواها. وهذه هي لغتي، لغة ذاتي، المكوّنة فيَّ بمعزل عن قراري وإرادتي، وليس لديَّ من لغة أخرى. وهي لغتي التي اكتملتْ في صيغتها النهائية قبل بلوغي العشرين عاماً، ولم تتغيّر منذ ذلك الحين، ولا أعتقد أنها ستتغيّر". بعدها، أقدمتُ على تلك الخطوة الحاسمة،

واعتمدتُ "كتاب الشهادة" عنواناً. ضمّنته، على سبيل المثال، بضعة نصوص شعرية كنت نشرتها باسم مستعار من زمان، فلم يكن ثمّة ما يميّزها من نصوصٍ مكتوبة بعد ذلك بعشرة أعوام، أو أكثر. مذ ذاك، تحرّرتُ من حاجز عدم النشر، لكنّي لم أتحرّر حقاً من هاجس "الكتابة المطلقة"، الذي ما زال يلاحقني".

أضفتُ ايضاً: "نادراً ما أضع نصّاً أدبياً دفعةً واحدة. يكفي أن أعبّر عن الحالة الداهمة بجملة، أو سطر، أو بضعة أسطر، تكون هي مفتاحها السرّي، حتى أمتلكها نهائياً. أكتب، مثلاً، "ثمّة مقهى عند نهر السين تُحفظ فيه الأعمار"، أو "المُصغي إلى ترقرق الزمان في الصباح الجميل، من يعزّيه؟"، أو "أيّ مختصر أبهى من جسدكِ للباحث عن المختصر؟"، أو "أيتها العابرة الواحدة، من مثلكِ عبوره موكب انتصار مذهّب ضد الموت؟"، ثمّ أعود إلى كل منها لأكمله بعد عام، أو بعد أعوام عديدة، لا فرق. كل شيء متواصل بلا انقطاع، وكل شيء وثيق القرب بعضه من بعض، في زمني الداخلي".

ارتفعتْ بعض الأيدي لإلقاء الأسئلة، لكن كلارا لم تستجب لها، وتابعتْ قائلةً: "وعن ماذا تكتب؟". أجبتها: "سواء نشرتُ كتاباً واحداً، كما كان مرادي، أم أكثر، فستُعتبر كتبي

في نهاية المطاف كتاباً واحداً. لأنها تنبثق كلّها من عالمي الداخلي، وتستند كلها إلى "يوميات الحياة الداخلية". ربما يظنّ البعض أن العالم الداخلي هو نوع من الفسحة الضيقة، المحاصرة. كلا قطعاً، العالم الداخلي هو العالم الحقيقي الوحيد، والحياة الداخلية هي الكون برمّته. وعندما تنطفئ الحياة الداخلية، ينطفئ الكون".

ثم أضفت: "كان لديَّ منذ البداية نوعان من الكتابة، ما أسمّيه بالكتابة الشعرية، المتّسمة بالتكثيف والتجريد، وما أسمّيه بالكتابة السردية، المتّسمة بالتفصيل، والتحديد. لكن الجوهر واحد. لا بدّ، في نظري، من أن يكون لكلّ كتابة أدبية حقيقية جوهرٌ شعري. هذا الجوهر هو الذي يخلق جمالية الرواية، والقصة القصيرة، والنّص المسرحي، والفيلم السينمائي، وسائر الأعمال الفنية، وليس جمالية النّص الشعري فقط. الشعرية هي سرّ جمالية الأدب والفن، ظاهرةً كانت أم دفينة. في غيابها، ينتفي السر".

وأنهيت قائلاً: "ثم لا بدّ من الإشارة إلى أن أدبي هو أبعد ما يكون عن أدب الموضوعات، وعمّا يُعرف بالأدب التاريخي، وعن الأدب الفلسفي، وعن الأدب الفكري. وأنا أعتبر أن الأفكار هي العنصر الأكثر بساطة في عوالم النفس

البشرية، في هذا النهر الداخلي الدائم الانسياب، في اليقظة كما في الرقاد، نهر الأعماق. وما أنا إلا شاهدٌ له".

طُرِحتْ عليَّ في الختام أسئلةٌ كثيرة، لكنّي أودّ الآن استعادة اثنين منها. الأول من صبية مشرقية، تناول أديباً كبيراً من بلادها، متسائلة باستغراب لماذا هو غير معروف في الغرب، ولماذا لم يُترجم حتى الآن إلى اللغات الأوروبية. فاجأني سؤالها، فأجبتها: "لا يمكنني شرح ذلك بكلمتين. أعتقد، أوّلاً، لأنه من كتّاب المسألة البشرية. كما لو أن الأدب لم يعد يستمدّ قيمته من جماليته، ومن تعبيره الفريد عن عوالم الداخل، ومن كونه شهادة إنسانية، ذاتيّة، تطال كل اللغات والثقافات والحضارات، بل فقط من تعبيره عن الجوانب السوسيولوجية والتاريخية الخاصّة بمجتمعه، أو من تضمينه معالم الإثارة و"الجرأة" السطحيتين، لا أكثر". "هذا من جهة"، قلت، ثم أضفت: "ومن جهة أخرى، لأن نبل هذا الأديب الذي أعرفه شخصيًّا، في نظرته إلى نفسه، منعه من ممارسة اللعبة المعهودة. فكي يُنقَلَ المرء إلى هذه اللغة أو تلك، لم يعد من الضروري أن يكون كاتباً كبيراً. يكفي أن يكون كاتباً عاديًّا، أو حتى كاتباً ضئيل الشأن، شرط أن يتمتع بقدرات تواصليّة كبيرة، وبموهبة فذّة في نسج العلاقات، باذلاً الكثير من الوقت والجهد، متقناً فنون التسويق لبناء شبكته، وإلحاق

نفسه بإحدى المجموعات الضاغطة، بما توفّره من وسائل إعلامية، ونفوذ لدى العديد من النقاد، والوسطاء الأدبيين، والمروّجين، وأصحاب الدعوات، والاستقبالات، والمآدب، ومنظّمي اللقاءات، والبائعين... ويؤدّي الجانب المادّي دوراً بارزاً في ذلك كلّه . امّا قيمة العمل الأدبية، فتأتي بعد ذلك بكثير، وربما لا تأتي أبداً" .

صَمَتُّ قليلاً وقد شخصت إليَّ أعينٌ مدهوشة، ثم قلت: "كان هو، طوال حياته، بعيداً كل البعد، عن هذه الآلة الدعائية، التسويقية، وكان يرفضها بالكامل. كما كان يشعر بالازدراء تجاه مظاهر التكريم، التي كان يعرف، تمام المعرفة، ما ينطوي عليه معظمها، وفي العالم أجمع، من ملابسات وتدخلات وترتيبات، لا تمتّ إلى قيمة العمل بصلة. في أي حال، ما كان يهمّه في البشر، هو جوهرهم، وليس موقعهم الثقافي- الاجتماعي، أو الدور الذي يؤدّونه في جهاز الإنتاج والاستهلاك الفكريين".

ثم استرسلتُ قائلاً: "في أيّ حال، كيف يمكن كاتباً كبيراً، مسكوناً بأرواحه، غائصاً في رؤاه وهواجسه، أن تكون له قدرات فذّة في فنون الترويج والتسويق والتواصل، كيف يكون من"وجوه المجتمع"؟

ولا بدّ من التساؤل: "ما كانت حال مبدعين، مثل تولستوي، ودوستويفسكي، وبودلير، وبلزاك، ونيتشه، وكافكا، والعديد سواهم، من المقيمين في عزلتهم الداخلية، لو كانوا عاشوا اليوم، ومن كان اكترث بهم؟ ولو كتب تولستوي اليوم، "الحرب والسلم"، ثم انزوى في بيته، أي موقع كان له ولكتابه في المشهد الأدبي المعاصر؟"

ثم أوردتُ هذا التساؤل: "ماذا يمثّل الأدب الكبير حقّاً في سيل الإنتاج الأدبي، وسيل الترجمة، المعاصرين، الجارفين؟ لم يعد مثل هذا السؤال مطروحاً حتى".

ثم ختمتُ ردّي قائلاً: "إن احتضار الأدب الكبير هو مؤشّر عميق لانحطاط العالم. وهو مؤشّر لانحطاط الغرب، الجمالي، والقيمي، والروحي".

علا التصفيق والهتاف في القاعة. صرخ أحدهم: "ما لا يُسلَع لا قيمة له، لا في الأدب ولا في سواه! إنه انتصار الطبقة التجارية الأخير. لكن هذه المرّة، ليس على الأرستقراطية فحسب، بل على الأرستقراطية والشعب معاً. فهل تنتصر على جمال العالم؟ "

ثمّ كان سؤال آخر أودّ استعادته، وجّهته فتاة، أقرب إلى

سنّ المراهقة، بصوت خفيض، شاخصةً إليَّ من وراء نظّارتيها المستديرتين: "سيّدي الزائر من الشرق، أتصوّر أن كتابتك تحمل شعوراً قويًّا بالعبثية، أليس كذلك؟". أجبتها: "لا أعتقد تماماً ذلك. هو ربما شعورٌ بمأسوية الحياة البشرية". سألتني حينئذٍ: "هل ترى أن الحياة تستحق أن تُعاش؟". أجبتها: "على الرغم من مأسوية العلاقة مع الزمن، وهذا الشيء الرهيب الذي هو وعي الموت، وهشاشة الجسد البشري التي لا تُحتَمَل، والعجز المضني عن ضبط الاحتمالات، أرى أن الحياة مُفضّلَة على العدم".

-١٠-

حين توقَّف القطار من جديد، نزل منه الرجل النحيل العنق. لم ترفع الصبية نظرها إليه وهو يغادر، ولو لثانية، وبقيتْ غائصة عميقاً في كتابها. ولجَ القطار من جديد أراضيَ كثيفة الضباب، خفتَ معها ضوءُ النهار. شعرتُ بالإعياء بعد استعادتي لقاء "المعهد الملكي"، ثم غلبني النعاس فنمت لوقت طويل، ولم أصْحُ إلا وأنا في سولاك، حين اقترب مني ولدٌ يرافق أمه، أيقظني قائلاً: "سيِّدي، إنها المحطة الأخيرة!".

جبتُ القرية كالعادة، وتفحّصتُ كالعادة بيت "الصبح الهادئ"، علّني أجد أحداً، لكنه كان خالياً، مُحكم الإغلاق، كما في كلّ مرّة. بعدها قصدتُ مقهى "الهولّندي الطائر"-

٨٥

الذي لا أدري كيف وصل اسمه إلى هذه الأنحاء— وهو مقهى صغير، مطلّ على البحر، بتُّ أرتاح إليه وأحبّه، تديره امرأة في نحو الأربعين من العمر، تستقبلني بابتسامة واهتمام، كأنّها تتوقع حضوري. ولا شك في أنها، وراء خفرها، تتساءل عن سرّ مجيئي المتكرّر، وحيداً، إلى هنا، في هذه الأشهر الباردة، حيث لا يقصد القرية البحرية النائية أحد. تناولت العشاء هنا، وانتظرت، وحيداً في وجه المحيط الغارق في الظلمة، قطار العودة.

هكذا، يستمرّ الدوران في حلقة البحث المضني عن كلارا، بلا نتيجة، ويعود كل شيء، من جديد، إلى نقطة البداية، وتبقى الاحتمالات، في سرّ اختفائها، مفتوحة على غاربها.

في تلك المرحلة، وأكثر من أي وقت، باتت تدهمني بلا انقطاع الأحلام الغريبة. في قطار العودة، شبه الخالي، استسلمتُ شيئاً فشيئاً للرقاد. بتُّ معتاداً النوم في قطارات الليل، ولم يعد يضنيني فيها السهاد، كما من قبل. أخذني الحلم بعد أن استفقتُ مُرهَقاً نحو الواحدة فجراً، قبيل الوصول، ثم غلبتني الغفوة. وجدتُني في بيت حجري صغير، من طبقة واحدة، له، جهة اليمين، باب خشبي قديم، داكن، يفضي إلى غرفة بلا نوافذ، توصِلُ بدورها إلى قبو مغلق

تماماً. بيت شبيه بالطبقة السفلى من دارتنا في الجبل، في بلدة الصيف، لكن معزولة في مكان ما، لا أعرفه، وخالية من البناء المرتفع فوقها.

كان أمراً شديد الهول والقسوة، بالغ الظلم، يخلو، على نحو لا يُصَدَّق، من كل منطق ومن كل قياس. مع ذلك، ليس من سبيل لردّه. تلك الحالة الخانقة، التي يجد المرء فيها نفسه عاجزاً تماماً عن تغيير أيّ شيء، في مسارٍ رهيب، مرسوم بلا عودة، ذاهب بلا هوادة إلى غايته، على الرغم من عبثيته وغرابته المطلقة.

كانت والدتي، الطاعنة في السنّ، في قبو هذا البيت، وهي مرتدية الأسود نفسه، وقد حكموا عليها بالموت شنقاً. والشنق سيتمّ بحضوري في هذا القبو. لم أعد أتذكّر التهمة الموجّهة إليها، وأظنّ أنّي لم أدركها في حينه أيضاً. ومع أن الأمر لا يتوقّعه ولا يتقبّله عقل، فما تقرّر قد تقرّر، ولا شيء يحول دونه.

كانت أختي الكبرى جالسة على كرسي في الغرفة الأمامية، وهي تنظر إليَّ ولا تستطيع مساعدتي قطّ. كانت تنظر إليَّ فقط، مثبتةً عينيها عليَّ طوال الوقت، وقد بدتْ أصغر ممّا هي عليه الآن بنحو ثلاثين عاماً. كانت هادئة وقلقة في آن معاً،

وكان قلقها خفيًّا ومُسيطراً عليه، ولا تعبير على وجهها.

في لحظة ما، دخلتُ القبو من الغرفة الأمامية، ووجدتُ نفسي أمام رجال أمن، أحدهم على كرسي، والآخرون متحلّقون حوله. كان واحدٌ منهم مختلفاً عن رفاقه، يلبس سروالاً قصيراً، وقميصاً صيفيًّا يُظهِرُ ذراعيه وكامل عنقه وبعض صدره وظهره، وكانت بشرته بيضاء نقية. لكنّ موقفه مما يحدث لم يكن مغايراً لموقف الباقين، بل كان على الأرجح أكثر برودة وقسوة.

توجّهتُ إلى رجل الأمن الجالس، وخاطبته على مسمعٍ من الكلّ، بصوت مرتفع، ملؤه القوّة والتأثّر والحماس والاستغراب، وقلتُ إن هذه المرأة المسنّة هي مثال الحياة الفضلى، وهي مثال الأخلاق، والبراءة، والعفّة، والصدق، والشفافية، والعاطفة، والضمير، واحترام الحقيقة، وتقديس الواجب، وفعل الخير. وإن الحكم الصادر بحقها ضربٌ من الهلوسة والجنون، لا يمكن أن يصدر عن ذات بشرية، أو روح عاقلة. تكلّمتُ طويلاً، بالنبرة عينها، وبالقلب المحروق نفسه. لكنّي كنتُ أحسُّ في قرارتي بأن كلامي لن يغيّر في الأمر شيئاً. لم يجبني رجل الأمن ببنت شفة، ولا الرجال الآخرون. كانوا فقط ينظرون إليّ، وتشي نظرتُهم بأنّ ما كُتِب قد كُتِب، وأن

عملية الشنق ستتمّ فوراً، وفي هذا القبو.

كانت والدتي واقفة في مكان ما في القبو، وكانت بالغة الهدوء، لم يُسمع لها صوت، ولم تنطق بكلمة، ولم تتدخّل قطّ في ما يجري. بالغة الهدوء والتماسك. بعد قليل، أخرجوها من القبو إلى الغرفة الأمامية لتودّعنا، أنا وأختي. كانت مستلقية على ما يشبه السرير. فكّرت في لمس رأسها الأبيض الشعر وعنقها، كي أعبّر لها عن محبتي وعطفي الهائلين. لكنّي لم أفعل. قلت في نفسي إن والدتي ونحن، لا نعبّر عن مشاعرنا بعضنا تجاه بعض باللمس والقبلات، وإني إذا مررتُ يدي على رأسها وعنقها، ستشعر أنها علامة ضعف منّي وشفقة في غير محلّهما، وعلى غير عادة منّا. فلم أفعل.

بعد قليل أعادوها إلى القبو ليتمَّ الشنق. بقيتْ أختي في مكانها، في حالة الانتظار والعجز عينها. دخلتُ أنا القبو. علّقوا الحبل، ومعه ما يشبه السلك الحديدي الذي لفّوه حول عنق والدتي، وجعلوها تتدلّى بقامتها الصغيرة، الضامرة، وهي ترتدي ثياب حياتها اليومية. انحنيتُ قربها، وأحطتها بقوة بذراعي، كي أخفّف عنها بعض الشيء، هول الشنق وآلامه المبرحة. لم يعد من كلام في المكان مذ أنهيتُ مخاطبتي رجال الأمن. لم تقطع أمي الصمت بأي كلمة، أو تأوّه. كانت

متقبّلة ما يجري، كأمرٍ لا مفرّ منه، مهما يكن رهيباً. لكن عملية الشنق لم تنجح، لا أدري لماذا، مع أنه طال أمدُها. عندئذٍ، أخذوا أمي ليشنقوها في مكان آخر، بعيداً منّي، حيث لا سبيل لي لرؤيتها. كان وقتاً مروّعاً لا يوصف.

حضر بعد ذلك أناسٌ كانوا جيراناً لنا في زمن الطفولة، رجلٌ ومعه ابنة أطول منه وولد يافع. كنا نحن غارقين في مأساتنا، وهم في عالم آخر لا يدرون بشيء. ثم لا أعرف كيف، في لحظة ما، وجدتُ نفسي معهم في بلدتنا الجبلية، في فصل الصيف. كان همّهم تغيير الفندق الذي نزلوا فيه، ويريدون منّي مساعدتهم. كنت أنا في دنيا وهم في دنيا، تفصل بينهما وهاد سحيقة. كانوا يشرحون لي بإسهاب لماذا يرغبون في تغيير فندق "بلمون"، مع أنه، بنظري، هو الأفضل والأجمل في منطقتنا، ويوردون قدراً لا حصر له من التفاصيل الصغيرة المضنية، وأنا غارقٌ في مأساة والدتي، ولا سبيل لي للعودة إليها. عبر أمامنا رجل الأمن، المرتدي السروال القصير، والكاشف عن ذراعيه ورقبته وبعض صدره وظهره، ببشرته البيضاء النقية نفسها، فيما شمس الصيف ساطعة في كل مكان. أدركتُ حينئذ أن عملية الشنق قد تمّتْ، واستفقتُ مرعوباً من رقادي.

آخر ما بقي في ذاكرتي وأنا أستفيق، أني قرّرتُ، في لحظة، أن أكتبَ إلى كلارا أن والدتي، وجدّي، لأبي، توفّيا اليوم. مع أن جدّي فارق الحياة قبل أكثر من أربعين عاماً، وكان طاعناً في السنّ.

وقبيل استفاقتي الداهمة، وصل إليَّ بكاءٌ متواصلٌ لطفل صغير، خلتُ أنه ينام مع والدته على مقعد قرب مقعدي. لكن لم يكن هناك أحد.

-١١-

ها أنا أدور في الحلقة المقفلة نفسها لا أبارحها: من شقتي، إلى"المعهد الملكي"، إلى صالة الشاي في حديقة لوتيسيا، إلى سولاك بالقطار، ذهاباً وإياباً، آخر الأسبوع. وها أنا الآن في صالة الشاي، أرنو إلى الأشجار العارية، الداكنة، العارفة، وترنو إليَّ.

كلما سُدَّت المنافذ من جديد، يعود بقوّة هاجس اللقاء الأخير الذي سبق الغياب. اللقاء الأخير الذي أسلمتْ خلاله سلمى فرح الروح، واللقاء الأخير الذي سبق اختفاء كلارا. ومع أني استعدتُ في نفسي مراراً هذين اللقاءين، بكل تفاصيلهما وظلالهما، فها أنا أعود في كلّ مرّة إليهما، وأراجع دقائقهما

للمرّة الألف، معتقداً أني غفلتُ ربما فيهما عن أمرٍ ما، عن شاردةٍ ما، ترسم لي فجأةً أوّل الطريق. كأن في اللقاء الأخير يكمن لا محالة مفتاح السرّ.

كان لقاء كلارا الأخير في صالة الشاي حيث أنا الآن، حول هذه الطاولة الصغيرة نفسها التي اعتدناها، في اليوم الذي سبق الموعد الذي لم تحضر إليه، وانتفى بعده كل أثرٍ لها. ساد لقاءنا حوارٌ من تلك الحوارات الفنية والأدبية الكثيرة التي كنا نتبادلها وتطبع علاقتنا، وكان لكلارا شغفٌ بها. أستعيد مرّة أخرى ذلك الحوار، وما تخلله من أسئلة وإجابات وردود فعل وتعليقات، فلا أجد فيه أيّ مؤشّر، مهما كان ضئيلاً، على إمكان اختفائها في اليوم الذي تلاه. لا شيء إطلاقاً ينبئ برغبة الهجر. بحيث يخرج المرء من هذه الاستعادة المرهقة بشعور طاغٍ واحد: أنّ كلارا لم تغب طوعاً، بل تعرّضتْ للاختطاف، او لشكلٍ ما من الاختفاء القسري. لكن، كما أشرتُ إليه من قبل، كلّ ما بحثتُ أنا عنه، وكلّ ما حققتْ فيه السلطات المختصّة، في أمر الاختطاف، لم يؤدّ إلى نتيجة، فاستبعد التحقيق نهائيًا هذا الاحتمال.

لم نتحدّث في ذاك اللقاء عن أحد العروض الموسيقية او المسرحية، التي حضرناها، ولا عن كتاب قرأناه أخيراً،

كما في معظم الأحيان، بل كان الحوار بيننا عن أمرٍ يخصّني. كانت كلارا ترتاح إلى طريقتي في السرد وتصغي إليَّ مليًّا، ما ساعدني على تخطّي ميلي الطبيعي إلى الصمت، وما لديَّ من وهمٍ أحمله في نفسي منذ الصِّغَر، ولم يفارقني حقًّا حتى اليوم، بأن لا حاجة للكلام لإفهام الآخر ما أريد، وللتعبير عن مشاعري ورغباتي، وبأن التواصل لا بدّ أن يتمّ عبر النظر والإحساس، لا أكثر.

لم أكن أخبرُها فقط بتلك القصص التي عشتها وعرفتها، والتي لم أكن لأسرّ بها لأحد. كنت أتلو عليها أيضاً، من حينٍ لآخر، مقاطع من "يومياتي الداخلية"، ما لم أفعله من قبل. قرأتُ لها خلال لقائنا، ما يأتي: "قمرُ البلاد الواطئة كبيرٌ أصفر/ في السماء المموّهة بضبابٍ شفّاف، في المدى الماثلة أشجاره صفوفاً / سماءُ البلاد الواطئة قمرٌ أصفر / أنا لم أرَ الشتاء لأرى المطرَ هاطلاً على السهول/ فاصلاً صفوف الأشجار عن القمر الكبير الأصفر/ واصلاً صفوف الأشجار بالقمر الكبير الأصفر/ أنا لستُ إله الليل ولا أنا ملك المطر/ فلماذا تنظرُ إليَّ الأشجار، من وراء هاماتها، بهذا العتاب الكبير؟/ لماذا تريدُ أن تضمّني إليها؟ / قمرُ البلاد الواطئة كبيرٌ أصفر، فوق البحيرة الليليّة التي تحتويه/ الذاكرةُ والتاريخ حقلٌ مُغلق/ والعِبارة ليست للانتصار/ في المعركة الخاسرة

سلفاً، ضد رامي السهام الأعمى / عبثاً معرفة الملاك الكُليّ المعرفة/ وعبثاً رأفة الملاك الكُليِّ الرأفة".

توقّفتْ كلارا كثيراً عند هذا النّص، ثم سألتْني أن أبيّن لها زمانه ومكانه. فاجأني طلبها. لكني أخفيتُ شعوري وأجبتها: "تعلمين، إنه تعبير عن لحظة، ممّا أسمّيها "اللحظات المضاءة" التي تجتاز نفسي". قالت لي بعد تفكير: "ثمة أمر طالما أردتُ سؤالك عنه. أنتَ تذكرُ مراراً اللحظة المضاءة. لكن ما لم أشر إليه معك من قبل، أن فهمي هذه اللحظة يبقى نظرياً مجرّداً، غير مكتمل. هل لكَ أن توضح لي، في صورة ملموسة، كيف تبرز تلك اللحظة، وفي أيّ ظرف من المشاهدات والأحداث تدركها. لحظة "قمر البلاد الواطئة" مثلاً...".

شعرتُ حينئذٍ أنّه بات لزاماً عليّ إخبارها بوقائع تلك الرحلة إلى الريف الهولندي، التي قمت بها قبل سنين، حيث تعرّفتُ إلى طبيعته الخلاّبة، بسهولها الخضراء المزدانة بحقول الزهور، وطواحين الهواء، ومجاري المياه، وأبقارها الهانئة الآمنة، في مشاهد مُستمدَة من رسوم كتب الأطفال، والتي عاينت خلالها، أيضاً، أشكالاً من الحياة، وأنماطاً من السلوك، لم أعهدها من قبل.

قلتُ لها: "نادراً ما كنتُ أستقلّ السيارة في رحلاتي في الأرجاء الأوروبية. فأنا أحبّ القطار حبّاً جمّاً، إذ أسرّح النظر، عبر بلّور نافذته، في المشاهد المنسابة بلا انقطاع، فأنتقل إليها وتنتقل إليَّ، تنفتح ذاكرتي معها على غاربها، وأدخلُ حالاً من الاستعادة والانخطاف.

لكن في الرحلة التي قمت بها أواخر ذلك الشتاء، من مدينة السين إلى قرية متوارية في ريف أمستردام، كنت أقود السيارة وحيداً. كانت هي رحلتي الأولى إلى تلك البلاد.

كنتُ قبل شهور، خلال لقاء في مقهى "وردة المساء" في حيّ سان جيرمين، تعرّفتُ إلى صبيتين هولنديتين في مطلع العشرين من العمر، أندريا وتالا. كانتا على قدر لافت من الحسن والمعرفة، وكنتُ أكبر منهما ببضع سنين. وقد نشأتْ بيني وبين أندريا بداية علاقة، أو هكذا خُيّل إليَّ. وبعد مراسلات متواصلة، دعتني إلى زيارتها، فحزمت أمري ذات ظهيرة ووجهتي الريف الهولندي. كان عليَّ اجتياز شمال فرنسا، ثم بلجيكا، وصولاً إلى "البلاد الواطئة". لم يكن من دليلٍ لي سوى خريطة كبيرة تبعتها، إذ لم يسبق لي أن وطأت تلك الطُرق.

بعد اجتيازي الشمال الفرنسي وتوغّلي في أراضي

بلجيكا، وقد بدأ ينحسر النهار، أردتُ تحديد مكاني بدقة على الخريطة. فأدركتُ أني سلكتُ الطريق الخطأ. كان من حسن حظي أن توقّفت، إذ وجدتني على بعد دقيقتين فقط من الحدود الألمانية، التي لم أكن أحمل تأشيرة لعبورها، في زمن كان يطغى فيه على الألمان هاجس "الإرهاب الشرق أوسطي". قفلتُ عائداً في الاتجاه المعاكس. مررتُ في طريقي ببروكسل حيث حدثتْ لي مصادفة أخرى، من المصادفات الغريبة التي اعتدتها. فلحرصي على عدم إضاعة الطريق من جديد، رغبتُ في سؤال أحدهم عن الوجهة التي عليَّ اتباعها. توقّفت في أحد الشوارع. وكم فوجئتُ حين ناداني رجلٌ باسْمي، وهرع إليَّ مرحّباً. كان هو الشخص الوحيد الذي يمكنه معرفتي، كونه من مسقط رأسي، من بين ملايين الناس الذين يقيمون ويعبرون في هذه المدينة، وليس فيها سواه. وحين وصلتُ إلى محيط أمستردام، كان استتبّ الظلام، واهتديت بصعوبة، في نهاية المطاف، إلى الدسكرة الصغيرة، غير الواردة على الخريطة، التي أقصدها.

بعد لقائي أندريا، وجدتني في عالمٍ لم أكن أتوقعه قطّ. كانت أندريا وتالا تقيمان معاً، وكانتا متحابتين. وكان لتالا طفل في الخامسة يقيم معهما. وقبالة بيتهما الصغير، كان والد تالا، الأستاذ الجامعي الخمسيني، يسكن منزلاً أنيقاً، مع

شاب وسيم، في عمر ابنته، يحبّه. وقد تعرّفتُ أيضاً إلى زوج تالا، الآسيوي الملامح، الذي كان يزور الجماعة، وتربطه بهم علاقة وثيقة. وقبيل النوم، دعتني الصبيتان بخفر بالغ إلى غرفتهما. لكني، بخفر بالغ أيضاً، تصرّفتُ كأنّي لم أدرِك دعوتهما، فنمتُ على كنبة في "قاعة السهرة" طوال إقامتي. شعرتُ بعدها كأن شيئاً ما، غير مرئيٍّ، انكسر بيننا.

وكم كان عليَّ إخفاء دهشتي وإحراجي، في اليوم التالي، حين دُعيتُ إلى لقاء مع دائرة واسعة من أصدقائهما، يتوسطها رجل نحيل، معقوف الشاربين، معه ما يشبه النارجيلة الصغيرة، التي يتناقلونها الواحد تلو الآخر، لتعاطي حشيشة الكيف، ما بدا أمراً معهوداً لديهم. ولم يفتهم إبلاغي بأنها من"النوع الجيّد" وتحمل اسم بلادي. فاعتذرتُ بخجل ولطف عن المشاركة. وعلى الرغم من غرابة المكان وطرق عيشه، بالنسبة إليَّ، فقد تجوّلت في الطبيعة مع الصبيتين، وزرت معهما أمستردام، ومشيتُ طويلاً، وحدي، فوق جسورها وحول أقنيتها، وقفلتُ عائداً في اليوم الثالث. كانت المرّة الأولى التي أجد فيها نفسي في بلاد لا أعرف لغتها. لكني أحببتُ أهل هولندا وشعرت أنهم يتميّزون عن شعوب الشمال الأوروبي، بما يشبه حرارة أهل المتوسط.

كانت كلارا تتابع ما أورده بكثير من الاهتمام. لكن ما إن سكَتُّ حتى بادرتني: "وأين هي اللحظة المضاءة في كلّ ذلك؟". أجبتُها: "كانت ثمة لحظة متوهّجة واحدة، هي جوهرة تلك الرحلة". صممتُ قليلاً، ثم أضفتُ: "بعد توغّلي ليلاً في الأراضي الهولندية، وقع نظري فجأةً على مستنقع كبير بين الأشجار العالية. توقفت ونزلت. كانت ثمة سكينة تامّةٌ وعتمةٌ وصقيع تلفّ المكان، كأنه خارج الزمان. وكان في السماء المنخفضة، وداخل المستنقع، معاً، قمرٌ أصفر اللون، بدرٌ كامل، بالغ الاتساع، لم أرَ مثله من قبل. حينئذٍ، على حين غرّة، وبما يشبه الومض الخاطف، ملأتني، من أقصاي إلى أقصاي، تلك اللحظة".

-١٢-

ساد الصمت بيننا، ونظرُنا مثبتٌ على أشجار الحور العارية نفسها، التي أرنو إليها الآن. قطعتْ كلارا الصمت لتسألني إذا كانت هذه اللحظة تدهمني حين أكون في الطبيعة فقط. أجبتها بالنفي. قالتْ: "هل لكَ ان تخبرني عن ظهورها في مكان آخر". أجبت: "يطول الحديث عن ذلك. ثمة الكثير من الحالات والأمكنة التي تنبثق فيها فجأةً تلك اللحظة، لا أدري كيف ولماذا". وأضفتُ، والمساء قد حلَّ فجأةً على الحديقة: "كان قد طال انتظاري تأشيرة السفر في مبنى القنصلية العريق، المحوط بحديقته الفسيحة، الهادئة، الباسقة الأشجار، الحافلة بجوقات العصافير، وبسور عالٍ يفصلها عن العاصمة المشرقية التي لا تشبهها في شيء. يشكر المرء أقدار التاريخ

١٠٠

على تلك الواحة الغريبة، المنسيّة هناك، وسط ركام المدينة المتنامية عشوائيًا في الأرض والجوّ، عمائر همجيّة، مكدّسة على مدى النظر كيفما اتجه، بلا بنية، ولا طراز، ولا ذاكرة، ولا تاريخ، ولا روح، حيث ما من شجرة تُرجى، ولا رصيف، ولا مكان لعابر سبيل خارج فيض المركبات الحديدية الهائل، الخانق الشوارع والأزقّة، في انعدام الأفق والرجاء، والنهار ربيعي حارّ، عابق بروائح النفايات المجمّعة منذ شهور، ريثما يتفق غربان البلاد على تقاسم مكاسبها.

كان رونق المكان يخفّف من وطأة الانتظار. ولم تكن زحمة المنتظرين لتوقِف، ولو لثانية، هذا النهر الداخلي، المنساب على الدوام، بطيئاً، خافتاً، رهيفاً، مفعماً بالأسرار، واصلاً الذات بكل ما في الكون من عوالم.

تجدين في يومياتي ما يأتي: "إنها الساعة العاشرة صباحاً. مرّت أمامي على شاشة الحائط شجرة كبيرة، كثيرة التفرُّع، بلا أوراق، على أفقٍ صافٍ، بارد. دهمتني، على حين غرّة، تلك اللحظة التي أصفها ب "المتوهّجة"، لأن لا وصف لها، وأضاءتني من أقصاي إلى أقصاي. قلت في نفسي: "كيف لي الغوص عميقاً في هذا المشهد؟ كيف لي ولوج روحه؟". وانتابني قلقٌ بلا انتهاء، أدركتُ أنه الوقت الذي عبر،

وأنه الوقت الذي سيعبر. وأن عمراً واحداً لا يكفي لولوج مشاهدات هذا العالم. وأنه، يا للخلل المهول، ما يحيا يحيا من دوننا، ونحيا من دون ما يحيا".

دخل القاعة بعدئذٍ رجلٌ كهل، متواضع اللباس، على تعثُّر طفيف في مشيته، يعتمر قبّعة صيفية، ويعلو وجهه مزيجٌ من الهدوء وعزّة النفس وزوال أوهام الحياة. طلب التوجّه إلى "مكتب الخدمة الاجتماعية". لا بدّ أنه من حاملي الجنسيتين، يأتي إلى هنا لتلقي مساعدات مخصّصة لمن هم في حاله. سرعان ما حضرتْ موظّفة أنيقة، في منتصف العمر، واصطحبته، بلطف وبشاشة، إلى مكتبها. أعادتني رؤيتهما إلى صورة رجل في عمره، لا بدّ أنه مُصاب بمرض عضال، إذ تساقط شعره، وغطّت فمه وأنفه كمّامة طبيّة بيضاء، التقيته وهو يتسوّل عند إشارة حمراء في محلّة الدكوانة، وأنا في طريقي هذا الصباح إلى هنا. لا شكّ في أنه يحمل جنسية واحدة، جنسية بلاده، مثله مثل الآلاف من أترابه، المتروكين لقدرهم في هذه المدينة.

لكن على الرغم من إعجابي باستقبال امرأة القنصلية الرجل الكهل، بقي في مكانٍ نابٍ، مبهم، في دخائلي، شعورٌ غامض، يغلبُ عليه ما يشبه الخيبة والأسى. تساءلت: "لماذا؟". واستعدتُ بعد حين، وأنا أجوب حنايا نفسي، شعوراً

١٠٢

غامضاً مماثلاً، كان ينتابني خلال هجرتي في الغرب، حين كان يقول لي أحدهم، بتهذيب بالغ، مودِّعاً: "إلى اللقاء العام القادم".

لم يكن قائل "إلى اللقاء العام القادم" من أترابي أو أصدقائي، بل من أناس لا معرفة لي بهم ولا صلة. كانت ترد العبارة في ختام لقاء مع موظف، او موظفة في إحدى الإدارات، مثل التي استقبلت رجلَ القبّعة الصيفية ها هنا قبل قليل، وكانت ترد في ختام معاملة تحدث عادةً مرّة واحدة في العام، مثل دفع ضريبة الدخل، أو تجديد عقد الإيجار، أو شهادة طبيب العمل. غالباً ما كانت تنتهي المعاملة بتلك العبارة الوداعية المهذبة، التي كانت، في كلّ مرّة، تؤلمني في قرارة نفسي، لا أدري لماذا. لو اكتفى مودّعي، أو مودّعتي، بالقول: "إلى اللقاء"، من دون إضافة "العام القادم"، لما كان انتابني، على الأرجح، أيّ شعور.

طالما كنت أستغرب ذاك الإحساس الغامض، العابر، الذي سرعان ما يتلاشى وأنا أخرج مجتازاً "ساحة المعهد الملكيّ"، أو "حديقة لوتيسيا"، او "شارع الوردتين"، أو غيرها من الأمكنة، تحت المطر الرهيف الهاطل رذاذاً، وطالما كنتُ أحتار في تفسيره. لماذا الشعور بما يشبه الخيبة والأسى أمام

عبارة وداعية، فيها ما فيها من أدب السلوك والرقيّ؟ يمكن ان تكون قائلتُها صبية شابة وجذابة، ويمكن أن تكون امرأة في أواسط العمر، أو سيدة كهلة، متعبة، فقدتْ رونق الشباب من زمان، أو يكون القائل رجلاً لا تميّزه صفة ما. ولا بدّ أنهم يستقبلون كلّهم، سحابة يومهم، عشرات الأشخاص، ويودّعونهم بالعبارة عينها، ولا همَّ لهم إلا إنهاء عملهم والعودة مساءً إلى بيوتهم، أو ملاقاة أحبّتهم هنا وهناك في هذه المدينة المفعمة، ليل نهار، بما لا نهاية له من اللقاءات والانفصالات والاحتمالات. ولماذا ذاك الشعور ما دام صاحب العبارة لا يهمّني في شيء، ولا أهمّه في شيء، ولا مكان لأحدنا في حياة الآخر؟

"إلى اللقاء العام القادم"، ربما ستتذكرها بعد قليل سيّدة القنصلية، قلتُ لنفسي، وهي تودِّع الرجل الكهل بمثل ما استقبلته به من لطفٍ وبشاشة. عبارات بسيطة شائعة، لا شأن لها، ولا يأبه أحدٌ لها، يمكن ان تكشف أعماق الذات وأعماق الجماعة. إنه التهذيب الغربي نفسه، دليل رقيّ وحضارة واحترام الشخص البشري، المتساوي مع سواه، كائناً من كان. وهو نتاج تاريخ طويل من الثورات والتحوّلات، على مدى أربعة قرون، في الأفكار والقِيَم والفنون والعلوم والتقنيات والاقتصاد والسياسة، وفي رؤية الذات والآخر والمقدّس

والزمن والطبيعة والجسد والموت، تخللته الثورة الفردية، وتكرّست في سياقه الحداثة، التي غيّرت وجه العالم.

عبارات تهذيب بسيطة شائعة، لكنها تنطوي، في أمكنة ما منها، على مدلولات لاواعية، تتخطّى كليًا قائلها وسامعها، الذي هو أنا. كأنّه، تحت الرقيّ، في مناطق، قصيّة، خفيّة منه، تكمن اللامبالاة، والعزلة، والأنانية، والعقلانية الصارمة، وفقدان الجذور، وضعف الارتباط بالأمكنة والكائنات، وعدم القدرة على التواصل. تحته، يُقيم الإنسان المنفصل. كأنّ قائلتها لا تكترث قطّ لعدم رؤيتي، أو رؤية سواي، لعامٍ كامل، وهي لن تفكّر فيّ، أو في سواي، مرّة واحدة خلاله. عامٌ كاملٌ أمرٌ كبير، تظهرُ وتختفي فيه وقائع ومصائر لا حدّ لها، ولا من يدري. عامٌ كامل، أو مئة عام، أيّ فرق؟ كأنها تودّعك قائلةً: "إلى اللقاء بعد مئة عام".

ذكرتُ مرّةً أنه، على الرغم من مغادرتي شقة حيّ مونج منذ زمن بعيد، لا أحد ربما، في المبنى الهادئ، الأنيق، المطلّ على تلك الحديقة، يدري حقاً بغيابي. لا أحد يدري بغياب أحد. كلما أعود إلى هناك، وأنا أحب العودة إلى الأمكنة نفسها، أصادف أحياناً أحداً يعرفني، يقول لي: "لا نراكَ كثيراً هذه الأيام. لا بدّ أنك كثير الانشغال والتنقل"، فأجيبه بابتسامة.

ذكرتُ مرّةً كيف سألتني تلك المرأة، بعد سنين طويلة على مغادرتي، إذا كان معي المفتاح الخارجي للمبنى لأفتح لها، إذ نسيتُ مفتاحها في السيارة. وذكرتُ أيضاً، أنه لولا مصادفة لا شأن لها، لما عرفتُ بانتحار روزا، ليلة الرابع عشر من يوليو، ولكنتُ اعتقدتُ حتى الآن، بعد هذا الزمن كلّه، أن الصبية البالغة الحسن، الحيّة الروح، ما زالت في شقتها الجميلة، القليلة الأثاث، نفسها.

"إلى اللقاء العام القادم"، أو بعد مئة عام؟ يحمل التعبير، في أعماقه، مساواةً من نوع آخر أيضاً، هي المساواة الحقيقية. شيءٌ من عدم القدرة على تمييز هذا من ذاك، بين كل هؤلاء البشر، المتشابهين، المتساوين، في معركتهم الخاسرة سلفاً مع الزمن، وفي سيرهم المحتوم، حيثما كانوا وكيفما كانوا، إلى مكان واحد، إلى انحطاط أجسادهم وموتهم".

بانت على وجه كلارا المرهف مسحةٌ من الحزن والتأمّل. لم تسأل من جديد عن اللحظة المضاءة. ارتفع فجأةً صوت النادلة:"بعد عشر دقائق تغلق الحديقة أبوابها". وضعتُ يدي بلطف في يد كلارا، وسلكنا الطريق الى شقتنا، حيث استسلمتْ كلارا باكراً للكرى، ونهضتْ صباحاً متجهة إلى "المعهد الملكي" قبل أن أستيقظ.

كم كنتُ أودّ اجتياز حديقة لوتيسيا، وأنا عائدٌ وحيداً إلى شقتي في هذا الوقت المتأخّر من الليل. لكن الحديقة مقفلة كالعادة منذ غياب النهار، ولا بدّ لي من الدوران حولها. نظرتُ إلى السماء فوجدتها خالية، كما في كل ليلة، من أي نجم، من أي بريق. سماء مظلمة، مطبقة، كم هي نائية عن سماء أفقا، بلدتنا الجبلية، ما وراء البحار، الشاسعة الاستدارة، المتلألئة بنجوم لا تُحصى.

غالباً ما كنتُ، خلال الصيف، تحت تلك السماء، أخرج بعد منتصف الليل للتنزّه على طريق "عين الوحش"، حين يكون استسلم سكّان الحيّ للرقاد وحلّ الهدوء التام. كنتُ

ألتقي، من حين لآخر، شخصاً واحداً يخرج هو أيضاً في مثل هذا الوقت، هو شريف، عازف البيانو. كان شريف قد تجاوز الخمسين عاماً، لكن قامته النحيلة، ورشاقة سيره، وملامح وجهه، وصوته، وطريقته في التعبير، كانت توحي أنه أصغر سنّاً بكثير. وفي الحقيقة، كان يستحيل تحديد عمره. كان عازباً، يعيش مع والدته المسنّة التي توفّيت العام الماضي، وقد زاد غيابها من عزلته وصمته. كان يعرف أحدنا الآخر من زمان، وكنا نتبادل التحية على الطريق الليليّ، أو عبارات مجاملة قليلة، من دون أن نتوقّف للكلام. لكن ذات ليلة بالغة الصفاء، استوقفني شريف فجأةً، وأشار بيده إلى السماء، قائلاً: "أنظر". حدّقَ إلى القمر ودلّني عليه، ثم راح يريني النجوم والكواكب، ويسمّي كلاًّ منها، ويُسهب في شرح أحوال المجرّات وخصائصها، وانا أصغي إليه باهتمام ودهشة. كانت له معرفة دقيقة بالسماء الليلية الشاسعة، وكان موصولاً بقوّة بها. وكان مأخوذاً بعدد المجرّات الذي يستحيل تصوّره، وبامتداد الفضاء اللامتناهي. أدركتُ أن هذا الشعور ليس عابراً لديه، بل هو متجذِّر عميقاً في حياته اليومية، ويشكِّل مكوّناً مهمّاً من مكوّنات ذاته. عرفتُ بعد تلك الليلة أن سرّ هدوئه، وعزلته، وبعده عن النزاعات البشرية، وزهده بالمال، ونأيه بنفسه عن الصغائر، وولهه العميق بالبيانو، واستحالة تحديد

عمره، إنما يكمن في علاقته الوثيقة بالنجوم. من يضع نفسه في هذا الإطار الكونيّ، كيف يعود يلتفت إلى هذا أو ذاك؟ كيف يعود يهتمّ بهذا "القدر الهائل من التفاصيل، المنسوجة منه الأفعال الزائلة". وممّا باح به عازف البيانو، تلك الليلة، هذا الهاجس الذي يسكنه: "هل تتصوّر أن كل شيء، كل شيء على الإطلاق، يتوقف مصيره على تغيّرٍ طفيف في علاقة الأرض بالشمس، يكون بعده الانطفاء التام، بالحريق أو الجليد ؟ وأنّ لا أحد يعي ذلك، ولا أحد يأبه له، من الذين يسعون كل الثواني، ليلَ نهار، بلا توقف، لاهثين وراء تفاصيل حياتهم، ورغباتهم، وطموحاتهم، ونزاعاتهم، وأوهامهم؟ تناقض رهيب، أعجز عن فهمه، بين هذا السعي اليومي الدؤوب، الهائل الاندفاع، من جهة، والنسيان التام لعلاقة الأرض بالشمس، من جهة أخرى".

ولجتُ شقتي أواخر ذلك الليل، وأنا لا أزال متعباً، والنعاس ما زال يغلبني على الرغم من نومي طوال الوقت في قطار العودة من سولاك. قلتُ فجأةً لنفسي: "أليس اختفاء كلارا أمراً محتوماً، لا سبيل لردّه ؟ إذ كيف الانسجام الطويل الأمد وكيف المواءمة بين فسحة ذاتي، المزدحمة بأجساد مئات القتلى، المثقوبي الصدور، الحانية عليهم أمهاتهم في ليالي الفراق الرهيب، السائرة في جنازاتهم كل تلك الحشود،

١٠٩

تحت تلك الشموس الحارقة، وفسحة ذاتها، الماثل فيها جسد خالها الوحيد، المستلقي إلى الأبد على ضفة نهر المارن المتجمّد، والذي غاب قبل ولادتها بسنين طويلة؟".

ما زالت الأحلام الغريبة تلاحقني. بعد أن استسلمتُ للكرى، وجدتُ كأنّي في إغفاءة بعد الظهر، وشمس الجبل تضرب بقسوة حائط غرفتي.

كنتُ مقيماً في بيت فسيح، لا أدري أين، مؤلَّفٍ من طبقة واحدة عالية السقف، يحوطه ما يشبه الحديقة، غير المسوّرة، القليلة الأشجار والنبات، المفتوحة من كل الجهات على المدى.

كان هناك، هائماً في الخارج، ذلك الكلب، المؤتمن على ولدٍ ضامرٍ، لا يزيد طوله عن الشبر. أرى الآن أنه يشبه الجنين في مراحله الأولى، لكن لم يراودني هذا الشبه في المنام قطّ. كانت أعضاؤه صغيرة جداً، وكان رأسه مستديراً وبالغ الصغر هو أيضاً، بلا ملامح، ككرة المضرب.

كان الكلب يلازم الطفل ويعتني به على الدوام. كانا يتحرّكان معاً، الكلب على قوائمه الأربع، والطفل لا أدري كيف. كأنه يسبح حوله في الفراغ، على علوٍّ جدّ منخفض،

ويتبعه كيفما اتّجه. لم يكن لهما من مأوى. كانا يهيمان في الطبيعة المجاورة، ويمرّان باستمرار أمام بيتي، لا أدري لماذا، كأنهما يريدان لفت انتباهي، من دون أن ينظرا إليَّ .

كان الولد هو كل ما بقي ها هنا من ذلك الرجل المغترب، الشرّير، الماكر، القاسي القلب، الذي لا يعرف إلهاً إلا المال، والقادر على فعل أيّ شيء من أجله، والذي ألحق الأذى بأهله ومحيطه، وهيمن على كل شيء بكل الوسائل، ثم هاجر نهائيًا مع عائلته إلى أميركا اللاتينية. "لم يترك عيناً لم يدمعها"، كما يقولون.

كان الطفل العجيب في الحلم، سيكبر، وسينمو كغرسةٍ تقوى ويشتدّ عودها شيئاً فشيئاً. وسيأتي يوم يُكرِّسُ فيه، من جديد، الوجود الشرّير لذلك الرجل المقيم وراء البحار.

أمّا الكلب فلم يكن شرّيراً. لكنه كان ينطوي على شيء غير مألوف قطّ. كان له ما يشبه الإدراك والمعرفة. كان فيه الكثير من ذات البشر. كأنّه، وراء شكله الحيواني، يخفي نفساً عاقلة. كأنّه مزيجٌ من شكله الظاهر وذاته الخفيّة، إذا جاز التعبير، ما يميّزه تماماً من بني جنسه.

وذات يوم، في ظروف لم أعد أتذكّرها حقاً، قررتُ قتل

الولد. دهسته بشدّة برجلي، في وقتٍ لم يكن الكلب فيه معه. وقبل أن أدهسه، تحوّل الولد رأساً فقط. لا أذكر أني دهستُ جسداً، ولو صغيراً إلى حدّ لا يوصف، وهو فعل لا طاقة لي عليه البتّة. دهستُ رأساً آتياً من عالم الجماد، وليس من عالم الأحياء. رأساً مستديراً، صغيراً جدًّا، بلا ملامح، أشبه ما يكون بكرَة المضرب، تحطّم شرّ تحطيم تحت وقع قدمي، وتطايرَ شظايا في كل اتجاه.

هكذا، أزلتُ بضربة واحدة، كل ما بقي، ها هنا، من ذلك المغترب الشرير. لن يبقى له في هذه الأنحاء من أثر، ولا من بذرة تنمو وتكبر، وتصبح ممثلة ذاته. انتفى نهائيًا هذا الإمكان.

امتلكني، بعد ذلك، الاضطراب. بدأت أتساءل بقلق عميق: كيف حدث ما حدث؟ كيف ارتكبتُ فعل القتل للمرّة الأولى في حياتي، أنا الذي لا أقدِم على إيذاء حشرة، فأقول لنفسي في كلّ مرّة: دعها وشأنها، أتْرك لها نعمة الحياة. كيف دهستُ برجلي هذا الرأس- الطفل، فأضحى شظايا، وإن كان آتياً، لا أدري كيف، ممّا يشبه عالم الجماد، وإن كان يجسِّد عودة الشرّ؟

امتلكني الاضطراب، لكني كنت مرتاحاً في شكلٍ ما، في قرارتي، لتأكّدي من أنه لم يرَ أحدٌ فعلتي، ولا أحد عرف أو

سيعرف بها. انتهى الأمر.

لكن ما لبث أن خاب ظنّي. أحاط ببيتي، بعد حينٍ، حشدٌ من الناس، لا أدري من أين أتوا، في هذا المكان الذي لم أرَ فيه يوماً غير الكلب والولد الهائمين على وجهيهما. حشدٌ كبير من الرجال والنساء، المنتظمين في صفوف متراصّة، المتّشحين بثياب تقليديّة داكنة، أنيقة، شبيهٍ بعضُها ببعض، يغلب عليها الأسود، المطعّم بالبنّي والرمادي الغامقين، ثيابٍ تخفي تماماً أجسادهم، ما عدا رؤوسهم. لم يكن الكلب معهم. كانت لهم وقفة واحدة، ونظرة واحدة، وهويّة واحدة، ومشهدية واحدة، إذا أمكن القول. كانوا مبعث رهبة كبيرة.

أتوا يسألونني: "أين هو الطفل؟". تساءلت، بخوف، كيف عرفَ هذا الحشد من البشر باختفاء الولد، وما علاقتهم به، وما الذي يهمّهم فيه؟ شعرتُ أنّ لهم طريقة جد غريبة في المعرفة، لا أدرك كنهها. وشعرتُ أنّ شكوكاً واضحة تساورهم حول فعلتي، لكن ليس إلى حدّ اتّهامي صراحة بها. أو ربما هي طريقتهم البطيئة، الواثقة، الصارمة، في التعبير عمّا يعرفون. لكنّهم مصرّون، حاسمون، في إرادتهم الحصول على جوابي.

كنتُ عاجزاً عن الإجابة، أي إجابة. كانت عيونهم شاخصة، في نظرةٍ واحدة، إليّ، تأمرني بإلحاح صامت، شديد

الوطأة، بأن أتكلّم. وجدتُ نفسي في مأزق محكم، لا سبيل للخروج منه. استبدّ بي القلق والخوف على نحو يستحيل احتماله، فاستفقتُ مرعوباً والعرق يتصبّب من كل أنحاء جسدي.

رأيتُ نفسي أنادي بصوتٍ خافت: "كلارا، كلارا". خُيّل إليّ، للوهلة الأولى، أننا نرقد معاً في فندق صغير، مُطلّ على بحيرة في جبال الفوزج، سبق ان أقمنا فيه. لكنّي، كنت وحيداً هنا في شقتي، في مستهلّ نهارٍ مظلمٍ آخر.

لم أخرج من ذلك الحلم إلاَّ عندما رنَّ جرس الهاتف. وصلني صوت إحسان من وراء البحار، حاملاً إلى صقيع الصباح الباريسي، المشوب بالعتمة، شمس موريا، بلدة السهل، الماثلة فوق تلّتها والمزنّرة بنهريها، وسط حقول الزيتون والبرتقال، ووراءها، سابحاً في الضوء، منساباً على مدى الأفق، جبل المكمل. لم يعرف إحسان بغياب كلارا، ولا عِلمَ له بوجودها. وأنا، في حيرتي واضطرابي، لم يبقَ في فكري من اتصاله، وما نقله إليَّ من أحداث ومشاعر، إلا هذا التساؤل الغريب: هل أسهم إحسان، من حيث لا يريد ولا يدري، في اختفاء كلارا؟

كان ذلك قبل شهر ونصف الشهر من غيابها. على غير عادة منها، طلبتْ مني بإصرار، ذلك النهار، أن أرافقها إلى موعدٍ مع الطبيب، لمعالجة صداع ينتابها. حزّ كثيراً في نفسي ألاّ ألبّي طلبها، إذ صادف الموعد توقف إحسان في مطار رواسي، في طريقه من موريا إلى كراكاس. لم يكن بوسعي عدم لقاء إحسان. لا لأنّه رفيق الصبا، وعلى مدى العمر. بل أكثر من ذلك أيضاً، لأن رحلته، وهي الأولى في حياته، تحمل معنىً شخصيًا مؤثراً للغاية.

كان إحسان في طريقه إلى فنزويلا، حيث رأى النور قبل أربعة وثلاثين عاماً، ليلتقي والدته المفقودة مذ كان طفلاً في الثالثة. حدث ذلك إثر خلافٍ عميق بين الأبوين، اختطفه بعده والده وحمله معه سرّاً، من طريق البحر، إلى مسقط رأسه في جبل لبنان، في عزّ شهر شباط، عبر المحيطات الشاسعة، الهائجة، التي تفصل أميركا اللاتينية عن سواحل المتوسّط. ولم يلبث الوالد الشاب أن قضى نحبه في صورة مأسوية بعد ثلاث سنين فقط، في تدحرج سيارة في وادٍ سحيق، كانت تقلّه مع أخيه وعروسه العائدين من "شهر العسل". لم يمت في الحادثة سواه. أمضى إحسان طفولته وصباه في عهدة جده وجدته، وكان حلم حياته لقاء والدته. لكن من يهديه إليها في مجاهل فنزويلا ومتاهات الزمان؟

كلّ ما كان يعرفه أنه وُلِدَ في مدينة فاليرا في مقاطعة تروهيو، ويعرف اسم أمه ويحتفظ بصورة شمسية لها بالأبيض والأسود، واقفة إلى جانب والده يوم عرسهما. بعد عقود طويلة من البحث والانتظار، التقى إحسان، بين عشرات الآلاف من مهاجري جبل لبنان الشمالي إلى فنزويلا، مهاجراً واحداً أحسّ عميقاً بمأساته، وقال له: "أنا سأجد لك والدتك". فعل المهاجر المستحيل لهذه الغاية. وفق معلومات كثيرة جمعها بصبر وأناة، رجّح وجودها في منطقة زوليا، بلاد النفط والحرّ الشديد. نشر في الإذاعات المحليّة نداءات إليها. لكن الأمر لم يجدِ نفعاً. ولمّا كان ينتمي إلى حزبٍ مشرقي منتشر لدى مهاجري بلاده في أنحاء فنزويلا، طلب من أعضاء حزبه مؤازرته في سعيه، مزوّداً إياهم صورة المرأة.

لعب القدر لعبته أيضاً. كان بين المحازبين رجلٌ يملك مطعماً صغيراً في مدينة كابيماس، قرب أوهيدا، على بعد نحو ساعة من مدينة ماراكايبو في زوليا. دخلتِ المطعم، ذات نهار، امرأة معها أولاد، أحدثوا جلبة كبيرة. استاء الرجل مُطلِقاً شتيمة بلغته الأم. عاتبته المرأة بغضب، قائلةً: "لماذا تشتمنا؟". استغرب أمرها وسألها: "من أين تعرفين هذه اللغة؟". حينئذٍ أخبرته أنها كانت متزوّجة من فلان، وهو والد إحسان. كان الرجل يحمل صحناً كبيراً وقع من يديه أرضاً من شدة ذهوله.

قال لها إن ابنها يبحث عنها في كل مكان. أصيبت بدورها بالذهول وأجابتْ: "ابني؟ أين هو؟ كيف تعرفه؟ إني أضيء شمعة كل يوم، منذ ثلاثين عاماً، لألقاه".

بعد أيام، تلقى إحسان رسالة من المهاجر، حامل قضيته، يخبر فيها بأنه وفى بوعده ووجد له أمّه. ويضيف بأنه مع الأم، وجد له أختاً! طلب منه الحضور بأقرب وقت لرؤيتهما. لم يكن إحسان عارفاً بوجود أخته. هزّه الخبر في عمق أعماقه. أدرك حينئذٍ أن والده لم يستطع اختطاف ولديه معاً، فاختاره هو وترك أخته. سارع إحسان في قلب الشتاء، بين عيد الميلاد ورأس السنة، إلى ركوب الطائرة المتجهة إلى كراكاس من طريق باريس، حيث التقيته في المطار. كان سيمضي بضع ساعات في رواسي قبل استكمال رحلته. بذلت جهدي لإقناعه بزيارة مدينة السين، التي كان يحلم بها، شأننا جميعاً، منذ صغره. لكنه لم يفعل. كان مشدوداً بكل جوارحه إلى كراكاس، غير مصدِّق أنه سيلتقي حقاً أمه وأختاً له بعد حين.

عرفتُ بعد سنين، يا لغرابة الأقدار، ان لقاء إحسان أمه وأخته، وخصوصاَ أمه، لم يكن على قدر انتظاره الطويل، وبحثه المضني، ولوعته. كان لقاء الأم مخيّباً. بالرغم من الشبه الكبير الذي وجده بينه وبينها، وبينه وبين أخته، لكن هو على بياض

نقي، وهما على اسمرار داكن. حيّرتني خيبته على الدوام، وتساءلتُ كثيراً عن أسبابها. وتجرأتُ، ذات يوم، على سؤاله. ذكر لي الأسباب، لكن بقيتْ أشياء عديدة يكتنفها الغموض في نفسي. قال إنهما حضرتا إلى المطار لاستقباله. كان ينتظر، لحظةَ اللقاء الأوّلٰ، "حرارة أكثر بكثير" من والدته، فاستغرب في سرّه "برودتها". كانت أخته أكثر حرارة منها. هل تكون حسمتْ لحظة واحدة، بعد ثلاثين عاماً من الغياب والانتظار، علاقة الأم بابنها، في اتجاه الخيبة النهائيّة؟ من يدرك، في سراديب النفس البشرية، ما كان يتوقعه هو، وما كانت تتوقعه هي، من تلك اللحظة؟ ذكر إحسان أيضاً أنه، في لقائهما، قالت له أمه "كلمة" لم تعجبه، لم يفصح عنها. تُرى أيّ كلمة؟

أضاف أن الأمر يتخطّى، في أي حال، لحظة اللقاء الأولى، وانه خلال الشهر الذي أمضاه هناك، ومنه أسبوع كامل عند أمه، بعد اجتيازه عشر ساعات بالباص، من كراكاس إلى أوهيدا، لم يشعر ب "محبّة الأم" التي كان ينتظر. عرف أنه بعد شهور قليلة من رحيل والده، وهو معه، احترق البيت الذي أقامتْ فيه العائلة على مدى السنوات الخمس من حياتها المشتركة، ولم يبقَ منه إلا صورة شمسية واحدة له، طفلاً في شهره السابع. بعدها، تزوّجت الأم من جديد، ورُزِقتْ بستة أولاد، وباتتْ جدّة ولها أحفاد. يذكر أنه، خلال حفل أقاموه

في عيد ميلاده، وهو هناك، استغرب حبهم المفرط للكحول، وعاين فقر حالهم، المادّي والثقافي. ويُحمِّل إحسان، في نهاية المطاف، الجغرافيا، مسؤولية ما آلت إليه علاقته بأمه، ويقول: "لست أنا، ولا أمي، مسؤولين عن هذه الخيبة. الحق على الجغرافيا. ثلاثون عاماً من الفوارق العميقة بين طبيعة جبل لبنان، وطبيعة بلاد زوليا، جعلتنا، من دون إرادة منّا، على ما نحن فيه". ويضيف: "من يستطيع مقاومة الجغرافيا؟".

لا شك في أنه كان يبحث عن أمّه، الشابة، الجميلة، النحيلة، الوحيدة، كما في صورتها اليتيمة التي حملها معه طوال عمره. ولا شكّ أنه في دواخله، كان يشعر أنها تنتظره، تنتظر ابنها الوحيد، في مكان ما، شبيه بمكان الصورة، ولا تفعل شيئاً في زمنها غير الانتظار. والأم التي وجدها، بعد ثلاثين عاماً، لم تكن من الصبا والرونق والنحول في شيء، ولم تكن وحيدة قط، بل بين زوجها، وجلبة أولادها الستة، وأحفادها، ووجوههم وأشخاصهم وأنماط حياتهم، الغريبة عن عوالم إحسان. لم تكن تمتّ الأم المستعادة بصلة إلى الأم الحقيقية، أم الصورة الشمسية. وما عمّق ربما غربة إحسان عن أمه، أن والده، الذي قضى وهو شابّ، في ذلك الحادث المأسوي، ما زال هو نفسه تماماً، كما هو في صورته الشمسية، واقفاً إلى جانب عروسه.

١٢٠

الحقّ على الجغرافيا، وعلى الصوَر الشمسيّة أيضاً. لولا تلك الصورة الصغيرة، التي احتفظ بها إحسان ورأى إليها على الدوام، لتغيّرت عميقاً علاقته بأمه المستعادة، التي لم يرها من جديد بعد ذلك اللقاء الأوّل، ولن يراها. يشعر، ربما، من دون أن يعي ذلك حقاً، أنه، لحظة اللقاء في مطار كراكاس، لم يلتقِ أمه بعد طول غياب، بل فقدها إلى الأبد. لم يكن لذلك اللقاء من حاجة ولا معنى. ثمة أمور يجب ان تبقى حكراً على الذاكرة. أتخيّل إحساناً وهو يأسف عميقاً لذلك اللقاء، ويتمنّى لو لم يحدث قطّ. كانت له أمٌّ قبله، ولم تعد له أمٌّ بعده.

عدتُ متأخّراً إلى البيت ذلك المساء، وكانت كلارا سبقتني إليه بعد لقائها الطبيب. كانت صامتة وسارحة في أفكارها. أخبرتها قليلاً عن رحلة إحسان، وسألتها ماذا قال لها الطبيب. أجابت بأنّه مجرّد صداع لا أكثر، يُعالَج بإرشادات وعقاقير بسيطة. لكنها ظلت طوال السهرة شاردة الأفكار، على شيء من الغياب.

لا أدري لماذا أعود الآن، بعد مرور كل هذا الوقت، إلى حال كلارا في تلك الليلة، التي لم تلفت انتباهي في حينه، ولم أعرها أيَّ اهتمام. والأغرب أني أحاول ربطها باختفائها، قائلاً في نفسي: "ربما لامتني كثيراً ذلك النهار، لعدم مرافقتها

لدى الطبيب، وإن لم تقل شيئاً. لم تطلب مني مثل ذلك من قبل. هل كانت بحاجة ماسّة لحضوري؟ هل ربطتْ تصرّفي في حينه، بتصرّفات مماثلة لي، في الماضي، لا أتذكّرها ولم آبه لها؟ هل شعرتْ بأنها لن تستطيع الاتكال عليَّ في الأوقات الصعبة- مع أنه شعور خاطئ تماماً لمن يعرفني حقاً، كما تعرفني هي- وقرّرت مذ ذاك هجري؟".

أعتقد أني لو كنت الآن في حال طبيعية، لما وردتْ لديَّ هذه الأفكار. إنها تداعيات نفسي الحائرة، الباحثة عبثاً عن سببٍ ما، المتألمة عميقاً من عدم الإدراك، وانا أواجه، مرة أخرى، وحيداً، عالم الليل.

إنها الساعة السادسة من صباح العاشر من شباط. لم يطلع الضوء، بعد، وراء النافذتين الكبيرتين المسكونتين بعتمة الشتاء. أشعر بأن ذاتي الليليّة لم يغمض لها جفن، على الرغم من استسلامي للكرى. وفي لحظة اليقظة الأولى، همس لي الذي في داخلي قائلاً: "ابحثْ عن اختفاء كلارا في عمق نفسك، وليس في الأمكنة الأخرى التي لا جدوى منها. هناك تجد الجواب. ابحث في ما بحثَ لها به عنك. ليس في البوح المعتاد، الممكن، بل في الحنايا الدفينة التي لم تبح بها لأحد سواها قطً، وما كان يجب أن تبوح بها". ثمّ أضاف: "حين رغبتَ في كشف ذاتك أمامها، مثلما كشفتْ هي ذاتها أمامك، ذهبتَ أنت بعيداً جداً. هل تخطّيتَ كل الحدود،

وأوصلتَ كلارا، من دون قصدٍ أو وعيٍ منكَ، إلى أمكنة قصيّة، مهتزّة، خشيتْ معها استمرار صلتها بك؟ لماذا لم تفكّر في هذا الاحتمال ولا مرّة من قبل؟ ماذا إذا كانت لم تختفِ، بل خطّطتِ انفصالها عنك، وهجرها لك، بصمت وهدوء تامّين، كونها لا تستطيع مكاشفتك بسبب الهجر، إذ ليس هناك من سبب، بل حالة معقدة من الخشية وعدم الاطمئنان لمسار حبّكما ومآله، على نحو يستحيل التعبير عنه، خصوصاً أمامك؟".

أضاف الصوت الداخلي: "لا أقصد ما أخبرتها به عن ولهك بإيفا، قبل غربتك، وكيف بدأ ذلك الحبّ الطويل وكيف انتهى، وما رافقه من عذابات. ولا عن تلك العبارة التي اختصرتْ بها إيفا قصتكما، ذات مرّة، حين قالتْ: "أنتَ لم تحبني يوماً، كنتَ تُحبُّ نفسك. هي الصورة التي كوّنتها عني بنفسك، داخل نفسك، والتي لا أعرفها حقاً، التي أحببتها، وليس أنا. وحين أدركتَ، بعد كل هذا الزمن، أنّني لستُ تلك الصورة، لم أعد أعني لكَ شيئاً. كأنّي لم أكن، لا من قبل، ولا من بعد، ولا علاقة لي حقاً بما جرى ولا مكان لي فيه". "كان يكفي"، أضاف الصوت، "أن تبوح بذلك لكلارا حتى تخشاك. مع أن رأي إيفا لا يمكن النظر إليه معزولاً في ذاته. وحين تضعه في سياق تلك العلاقة، من البداية إلى النهاية، فهو

يدينكما معاً، ويدينها ربما هي أكثر منك". "مع ذلكَ"، استمرَ
قائلاً، "ما بحتَ به عن ذاك الوله، ليس هو السبب في اختفاء
كلارا، بل ما كشفته لها مراراً عن هواجسك الدفينة، الغريبة،
هو الذي أخافها منكَ وأبعدها حقاً عنك. تذكّر ما حدّثتها به
مثلاً عن الموت".

لا شكّ في أني ذهبتُ بعيداً في كشف مجاهل علاقتي
بالموت، أمام كلارا، خلال البوح الصريح، المؤثِر، المتبادل،
بيننا، الذي طبع حبّنا على الدوام، والذي بدأتُهُ هي. كان يردُّ
ذلك مباشرةً، أو من ضمن القصص التي كنتُ أخبرها بها.

قلتُ لها ذات مساء: "تكفي أحياناً عبارة واحدة لكشف
الهوّة الفاصلة بين كائنٍ وآخر. مع ذلك، وعلى الرغم من
إدراكي المفاجئ تلك الهوّة، لم يتغيّر، أو يتضاءل، حبي لإيفا.
حدث ذلك حين أخبرتها، ذات يوم، عن رغبتي في تعليق
صورة عمّي سلمان في أحد أركان بيتنا الصيفي، الذي ورثتُهُ
عن أجدادي. لم أكن أتوقّع قطّ ردَّ فعلها، إذ سارعتْ إلى
الإجابة باستغراب: "هل تحبّ، أنتَ، تعليق صور الأموات؟".
تأمّلتها بهدوء، وقد أضحت فجأة على بعد أميال منّي، ثم
أجبت بصوتٍ خافت، وليس في نيّتي الإقناع: "هل تخافين
أنتِ، الأموات؟"، وأضفتُ: "أنا أحبّ الأموات وأرتاح إليهم،

وهم، في أي حال، أحياء عندي. وأنا لا أرى الحدّ الفاصل بين الأحياء والأموات، ولا أعرفه قطّ". لم تجب إيفا بشيء. لكنّي ارتأيتُ في قراري عدم تعليق الصورة، إذ لا يليق أن تُفرَض على أحد.

من أعزّ الأشياء في الدنيا لديَّ، هذه الصورة الوحيدة، بالأسود والأبيض، لعمّي سلمان، التي كانت لدينا على الدوام، وهو في العشرين من عمره، قبل عامين فقط من وفاته، أواسط ثلاثينيات القرن العشرين. توفّي ب"ذات الرئة"، وهي العبارة التي كان جدّي وجدّتي يستخدمانها في المرّات النادرة للغاية التي كانا يضطرّان فيها للإشارة إلى وفاة ابنهما الشاب، وهما لم يتحدّثا عن ذلك أمامي قطّ. وأنا أورد هذه العبارة احتراماً لهما، وقد غابا عنّا من زمان، متجنّباً ذكر مرضه الرئوي الذي كان، آنذاك، يفتك بالشبّان والشابّات في مثل عمره، حيث لم يكن له دواء، والذي أضحى اليوم نادر الحدوث وناجع العلاج.

مع أن عمي عاش ومات قبل ولادتي بسنين طويلة، فعلاقتي به هي الأقوى بين أقاربي كلّهم، وبين كلّ من غابوا. أذكره على الدوام في يومياتي. أتحدّث عن نظرته في صورته الوحيدة، وكم تشبه نظرتي إلى ذاتي، داخل نفسي. وكيف، في

أحد الأيام، بعد نحو خمسين عاماً على غيابه، انهمرت الدموع من مقلتَيَّ وأنا أفكّر فيه، تحت شجرة تفاح كبيرة، مزهرة، في رحلة إلى بلاد النورمان. أعلم أن علاقتي بالزمن جدّ غريبة، وأن الأحداث والأشخاص، التي تفصل بعضها عن بعض مسافات زمنية شاسعة، تبدو متقاربة لديّ على نحو لا يُصدَّق. أكثر من ذلك، مع توالي الزمن، تشتدّ علاقتي بعمّي سلمان بدلاً من أن تخفت، بحيث أضحت في الآونة الأخيرة شغلي الشاغل، كأن وفاته تمّت منذ أيام. فكيف لي التحدّث عن ذلك لإيفا، أو لسواها ؟

شيئاً فشيئاً، مع مرور الوقت، بات لديَّ إدراك أوضح لقوّة علاقتي بعمي، لم يكن لي في طفولتي. بتُّ أعي كيف أن مرضه ووفاته قد أحرقا قلب والديه إلى الأبد، وأن وراء صمتهما مأساة رهيبة بلا قرار. ورغم أنّي لم أكن موجوداً في هذه الدنيا، فأنا أشعرُ بالذنب والأسى لأنّي لم أكن قرب عمّي سلمان خلال مرضه وموته، ولم أرافقه وأرافق جدّي وجدّتي، وأحمل معهما ذلك العبء الرهيب. مع أنها لم تكن المرّة الأولى التي يفقدان فيها أبناءً، إذ مات لهما، من قبل، طفل في أشهره الأولى وصبي في الثامنة من العمر. لكن في ذلك الزمن، ثمة فارق كبير، يصعب علينا اليوم فهمه، بين موت الأطفال والأولاد، وموت الشبّان. كان الأولاد يموتون بكثرة،

لتعذُّر معالجة أمراضهم، ولا يبقى حيًا منهم إلا الأصحَّاء الأقوياء. كان مرض الحصبة، على سبيل المثال، "يأخذ نصف أطفال الحيّ"، على حدّ تعبير أمّي، التي فقد أهلها، هم أيضاً، خمس بنات صغيرات، ولم يعش سواها. ومع توالي وفاة الأطفال منذ أقدم الأزمان، كان ثمة توقّع لذلك واعتياد له في الذات الجماعية. أمّا الشبان، الذين اجتازوا بحر المخاطر وبلغوا ضفّة الأمان، فكان موتهم مريعاً. ويتذكّر الناس في مجتمعنا كيف رفضتِ السّت ماريا، مطلع القرن العشرين، دفن ابنها الشاب ووحيدها يوسف بك الثاني، على الرغم من مناشدات أعيان البلاد وأحبارها، فأبقته معها في تابوته المُحكَم، في دارتها، في بلدتنا الجبلية، أفقا، تسهر عليه وتبكيه على مدى تلك الشتاءات القاسية، بثلوجها الكثيفة وعواصفها العاتية، حيث يلجأ الأهالي إلى بلدة الشتاء في الساحل. كانت السّت ماريا تقول إن ابنها لن يخرج من باب البيت قبلها. استمرّ ذلك سنينَ طوالاً. إلى أن وافى أم يوسف الأجل، فخرج من بيتها تابوتان معاً، هي، ووراءها ابنها.

على الرغم من الصمت المحيط بوفاة عمي سلمان، كانت جدّتي فريدة، منذ غيابه إلى حين غيابها، بعده بنحو ثلاثين عاماً، تحبس نفسها، معظم الأيام، في غرفتها، وتغنّي لوقت طويل غناء قديماً، طاغي الحزن واللوعة، أشبه

بالنحيب، بصوتها الجميل، الجريح، الصاعد من أعماق روحها. كنتُ، وأنا طفل، أسأل أمّي: "ما هذا الغناء يا أمّاه؟"، فتجيبني همساً: "إنّها جدّتك، تغنّي لعمّك سلمان". هكذا، رافق غناء جدتي سنيَّ طفولتي وحداثتي. وحين بلغتُ العشرين عاماً، أدركتُ كم أن صورتي شبيهة بصورة عمي الوحيدة التي لدينا. وكان لهذا الشبه وقعه الكبير في دخائلي.

ألوم نفسي، أكثر فأكثر، على عدم جمعي الأخبار والمعلومات عن عمّي سلمان حين كنت صغيراً وكان أفراد العائلة كلّهم أحياء. لم يعد من مصدر لي الآن سوى شخصين: رجل من الأقارب ناهز الثمانين، كان موضع ثقة جدّي، وأمّي البالغة الرابعة والثمانين، وهي المصدر الأهمّ. قصدتُ، منذ حين، المدينة البحريّة التي يقيم فيها الرجل، وسألته عمّا كان يخبره به جدّي عن عمّي. أجابني أنه لم يكن يأتي على ذكره قطّ، مفسّراً أنه "كانت هي حال الجيل القديم، لا يتحدّثون عن أوجاع نفوسهم". لكنه أضاف بأنه دخل ذات يوم على جدّي، ووجده حاملاً صورة ابنه وهو يبكي، بعد زمن طويل جداً على وفاته.

مرّة واحدة فقط عرفتُ شيئاً، من طريق الصدفة، عنه. وجدتُ يوماً رجلاً مُسنّاً واقفاً أمام بيتنا الصيفي، في حيّ "عين

الوحش"، يحدّق في داخله. عرّفني عن نفسه وطلب التعرّف إليَّ. كان مهاجراً عائداً من فنزويلا حيث أمضى حياته. قال لي: "في حداثتي، قبل سفري، كنت أصطحب والدي الأعمى، من حيّ "عين القنيطرة" إلى هنا، ليعود عمّك سلمان"، ثمّ أضاف: "كان يرقد في الفراش هناك، وكان وجهه جميلاً كالبدر".

ممّا تخبره والدتي أنّ سلمان كان بهي الطلعة، محبّاً للعلم، في بيئة وزمن لم يكن العلم فيهما شائعاً ولا مُتاحاً، وأن خطّه كان جميلاً للغاية، وطبعه هادئ، يميل إلى التفكير والتأمّل.

وأخبرتني أيضاً أنه حين توفّي، لم يحضر أحدٌ من الأقارب والجيران ليغيّر له ثيابه، كما جرت العادة، خوفاً من العدوى. فقام جدّي، هو نفسه، بهذا الأمر، الذي آلامه لا توصَف. وبعد أن ألبس ابنه بذلته الجديدة، خرج إلى جدتي قائلاً: "ادخلي يا فريدة، وانظري إلى هذا الشاب الجميل!".

‎- ١٦ -

‎   من "قصص الموت" أيضاً، ما أخبرتُ به كلارا عن غياب
‎صديقي الشاعر سميح العارف. كان اعتقادي على الدوام أنّه
‎سيعيش طويلاً. كنت أقول في سرّي: "هو يشبه والده الذي
‎تجاوز السادسة والثمانين، ولا بدّ أن يتخطّى هو التسعين،
‎ويصل ربما إلى المئة عام". كان شعوري أنّه عصيّ، في صورةٍ
‎ما، على الأمراض. وأنّ الجراثيم الآثمة لن تجد منفذاً إلى
‎جسده الممشوق، الناحل، المتين، الذي أساسه العصَب. وأنّ
‎كبرياء ذاته، وروحه الكثيرة العمق والتشعّب، البالغة الغنى،
‎تحيطانه بهالة سريّة وتحميانه.

‎   كان ذلك وهماً بحتاً؟ في أيّ حال، لست الواهم الوحيد.

وبعضُ عزائي أن دوستويفسكي كان واهماً مثلي، هو أيضاً، ولو حول نفسه. كتب، حين وصل إلى الستين، أنه سيعيش طويلاً، وسيؤلّف كثيراً. لكن ما لبث أن وافاه الأجل.

كنّا تحدّثنا مراراً عن دوستويفسكي، وكان يحبّه كثيراً. بعد غياب أحدنا عن الآخر نحو أربع سنين، عدنا فالتقينا. شعرتُ كأننا كنّا معاً قبل قليل، ولم يكن من غياب. أدركتُ بعضَ السبب حين جمعتنا سهرة مع أصدقاء آخرين اختارهم هو، في بيت أحدهم، كأنّه يوّد وداعهم. بين الكثير ممّا سمعته تلك الليلة، بقي في ذاكرتي قولٌ له إنّ علاقته بالغياب جدّ خاصة، ويكفي أن يفكّر في شخصٍ ما حتى يشعر أنّه رآه والتقاه.

التقينا مراراً عديدة في الأشهر الأخيرة من حياته. عرفتُ عنه، في تلك الفترة الوجيزة، أكثر ممّا عرفته على مدى صداقتنا الطويلة. عرفتُ، خصوصاً، ما يلي: لم يتغيّر فيه أيّ ملمح، أيّ معلَم، لا في شكله ولا في نفسه ولا في تصرّفه، ولا في علاقة أحدنا بالآخر. ليس فقط مذ التقينا، المرّة الأولى، في مدينة السين، قبل زمن بعيد، بل في آخر أيامه أيضاً، وهو في ما هو فيه. لا يبارحني قطّ هذا التساؤل الكبير: كيف رجل يحمل في جسده ذلك المرض المهول، يمكنه أن يكون هو نفسه كاملاً بلا نقصان، بوهجه، وهدوئه،

وغناه الداخلي، وقوّة حضوره، وعمق نظرته، وسرعة ملاحظته ودقّتها، وسعة أفقه، وذاكرته التي لا تُحَدّ، وكثرة اهتماماته الوجودية والثقافية، وإصغائه الأمثل، وحيويته، ونزقه، وظرفه، ومرحه، ومودّته، وشغفه؟

كيف لرجلٍ يحمل في جسده ذلك الشيء، أن يُعيد قراءة أعمال فيكتور هوغو الكاملة، كما فعل في تلك الأشهر الأخيرة، لأنّه كان يعتقد أنّ الفرنسيين يقدّرون هوغو أكثر ممّا يستحقّ، ولأنّه يريد التأكّد من صحة رأيه. فوجد أنّه لم يكن مُحقّاً، وأن هوغو يستحقّ فعلاً هذا التقدير. من تُرى يفعل ذلك، في أكثر الأوقات صفاءً، وهناءً، وراحةً في حياته؟ بل أيّ من الاختصاصيين في الأدب الرومنطيقي يفعل ذلك؟ وهو مثلٌ واحد من أمثلة كثيرة عن اهتماماته في تلك المرحلة الأخيرة من حياته.

كان في موقفه من ذلك الشيء الذي في جسده، حالٌ من الانتصار البشري الهائل، الباهر: انتصارُ الانسان على الحيوان، وانتصار الروح على الجسد، وانتصار الوعي الرائي على عمى العناصر. استعلاءٌ نبيل، رفيع، للروح، الحاوية في ثناياها الوعي والكون، على الجسد. هو يعلم، من دون أن يقول ذلك، أنّ الجسد هو نقطة ضعفنا الكبرى، هو عقب أخيل،

الذي تأتي منه الإصابة. وهو يزدري في سرّه ذلك الشيء الذي في جسده، لأنّه يدرك أنّه يكفي ما هو أقلّ منه بكثير لإصابة تقتل: رصاصة صغيرة بائسة، شظيّة سخيفة هوجاء، ثانية من عدم الانتباه أو النعاس على طريق فرعي، زلّة قدم... فلمَ الاكتراث بذلك الشيء الأعمى؟ المشكلة هي في الجسد، وليست في ذلك الشيء.

وهو لم يكن في حاجة إلى صورة "القصبة المفكّرة"، التي يجمع فيها بسكال هشاشة الانسان وعظمته الرهيبتين، وأنّه حين تسحق الطبيعة الانسان، يكون الانسان أعظم منها بما لا يُقاس، لسببٍ واحد: هو يعرف أنه ينسحق، وهي لا تعرف شيئاً. كان يحملُ موقفَه، في صورة تلقائية، هذه المعرفة. مع هذا الفارق الكبير: لم يكن لديه شعورٌ بالانسحاق قطُّ. على العكس من ذلك، كان يُدرِكُ الناظرُ إليه أن لديه، في أعماقه، شعوراً قويّاً، أكيداً، بالغ الوضوح، باستمرارية حياته. ليس بمعنى الاستمرارية الأدبية في الزمان، أو بالمعنى الدينيّ للكلمة، كلا. بل هو شعور سرّي، غريب، يصعب وصفه. كأنه يكفي أن يملك الانسان، ولو ليوم، ولو لساعة، ولو لدقيقة، هذا الوعي العظيم الذي هو وعيه، حتى يضمن الأبدية.

وأضفتُ أمام كلارا، منهياً كلامي: "في هذه السطوة

الرائعة، سطوةِ الروح على الجسد، يكمن شبابه الأبدي، ويرتسم سرّه، وسحره، وبقاؤه".

ما زالت العتمة تلفّ حيّ لوتيسيا في هذه الصبيحة الباكرة، في قلب الشتاء. تنتابني رغبة قوية بعدم النهوض من السرير وبعدم مغادرة شقتي. لكنّي قلتُ لنفسي، بعد حين، إني لن أستسلم. سأخرج كما كلّ يوم، لكنّي لن أسلك هذه المرّة الطرقات نفسها ولن أذهب إلى الأمكنة نفسها. لن أقصد حديقة لوتيسيا، ولا صالة الشاي فيها، ولا "المعهد الملكي". سأبتعد عن أمكنة كلارا. لكنّي لا أعرف إذا كنتُ سأقوى على عدم التوجّه إلى سولاك نهاية الأسبوع. قوّة سحريّة تشدّني على الدوام إليها. سأنحدر اليوم نزولاً نحو السين. أستعيض ب"حديقة النبات"، وهي الأقرب إليّ، من "حديقة لوتيسيا" وقصرها وبركتها. ثم ألج جزيرة سان لويس. أجتاز أرصفة نهرها، الدائر بشغف على ذاته، وأتغلغل في شوارعها الضيقة، وصولاً إلى صالة الشاي قبالة جسر بون ماري، التي تحمل اسمه.

ما إن أغلقتُ الباب ورائي حتى داهمني، لا أدري لماذا، ذلك الشعور نفسه، وأنا أنزل من عربة الخيل في فيينّا، التي زرتها مرّةً مع كلارا، وهي أحبّ المدن إلى قلبها. ذلك

الشعور الطاغي بأنّي "مفتوح" على كلّ تلك الأشياء التي لا توصَف. تساءلتُ في حينه بدهشة: "كيف يكون المرء هكذا "مفتوحاً"، من دون قرار منه ولا إرادة ؟ تُفتَحُ فيه فجأةً نافذة باهرة كبرى، ثم تُفتَحُ نافذة أخرى... لا بدّ لي من التوقّف طويلاً عند ذلك. لا بدّ لي من الشهادة "للكائن المفتوح".

كيف يمكن أن تخشاني كلارا لِما أخبرتها به عن وفاة عمّي سلمان، ووفاة الشاعر منير العارف؟ أين مواقع الخوف فيهما؟ لو لم أكن بالغ الاضطراب، لما راودني التساؤل. أين هاتان الشهادتان من تلك القصص الرهيبة عن الموت قتلاً التي رافقتْ طفولتي وصباي، والتي لم أذكرها أمامها؟ ليس لأني أردتُ إخفاءها، بل لأنها لم ترِد، إلا على نحو عابر بيننا، ولم أرغب في لفت النظر إليها.

إذا كانت خشيتْ كلارا "أشياء الموت" لديَّ، لا أدري حقاً، فلا يعود ذلك لتلك القصّتين، بل ربما، لأحاديث أخرى، متفرّقة، مبعثرة على مدىً طويلٍ من الوقت. هل تكون جمعتْها في نفسها، ولمستْ أكثر فأكثر هذا الهاجس العميق، المُضني، الذي لا يفارقني؟ ليس هاجس موتي قطُّ، بل هاجس الموت.

كانت ترِد "أشياءُ الموت"، بيننا، بصوَر وأشكال وأوقات شتّى. وكانت ترِد في لحظتها، على نحوٍ عفوي، غير مقصود،

١٣٦

بين الأمور التي لا حصر لها التي كنا نتحدّث بها. كانت تبدو تلك الأشياء طبيعية، في سياق المكاشفة الحميمة بيننا. لكن غرابتها المقلِقة تبرز الآن بقوّة حين أستعيدها خارج سياقها، وأجمع بعضها قرب بعض. أتُراها أخافتْ كلارا عميقاً، وأقصتها إلى غير عودة؟

من "أشياء الموت"، ذات مرّة، ونحن في رحلة خريفية إلى مرفأ راسكوف. كنّا نرى إلى المحيط آخر النهار من نافذة الفندق، وكان اليمُّ مضطرباً، والسماء مظلمة ومنخفضة. قلت لكلارا: "تعلمين ما أحسّ به الآن؟ شعورٌ لم أعرفه قطّ قبل هجرتي إلى الغرب، بات ينتابني أمام المحيط. أدركني المرّة الأولى في شيربورغ، ثم في تروفيل، وسان مالو، وأمكنة أخرى. أسأل نفسي فجأةً بقلق، وأنا أرى إلى اليمّ الشاسع، العاصف: "ماذا إن وافتني المنيّة هنا، الآن، بعيداً عن أرض طفولتي وصباي الأوّل؟". من بين كلّ أشكال الموت، أختار "الموت الاختفاء". أي الموت الذي يختفي فيه الجسد نهائيًا، بحيث لا يراه أحدٌ من بعد، وليس ما يؤكّده أو ينفيه، فيبقى

هكذا في حال الشكّ إلى الأبد. وأضفتُ: "تعلمين، ثمة حالة واحدة من "الموت الاختفاء" في تاريخ عائلتنا، اختفاء جدّ والدي، سلمان، الذي حمل عمّي اسمه. كان في مطلع العشرين من العمر، وابنه الوحيد طفل، حين ركب البحر إلى أميركا، مع أولى موجات الهجرة من جبل لبنان إلى "العالم الجديد"، في ثمانينيات القرن التاسع عشر". ثم أضفت: "مذ ذاك، إلى اليوم، لم يُعرَف عنه شيء. وبعد غيابه بسنين، هاجرتْ زوجته الشابّة، وجابت أميركا طولاً وعرضاً، وفتّشت عنه بصبر وأناة عجيبين في كل مكان، على مدى عشرين عاماً، ولم تجد من أثرٍ، ولو طفيف، له".

أذكر أن كلارا دخلتْ بعدها حالاً من السكوت والتفكير، ولم تجب بشيء. لكن مساءً، في وقت متأخّر، نظرتْ إليَّ وسألتني: "لماذا تفضّل "الموت الاختفاء؟". قلتُ لها: "قبل أن أجيب، وهي إجابة صعبة، أودّ أن أترجم لكِ مقطعاً من "يومياتي الداخلية"، دوّنته حين وافاني هذا الشعور، المرّة الأولى، في شيربورغ، علّهُ ينقلُ إليكِ بعضَ حالي":

"أجعلُ لكَ موتَكَ في المدينة البحريّة المسوَّرة، عند تخوم ممالك الغرب. أفصلُكَ عن جسدِ أجدادِكَ، وعن مُطلات الشروق والغروب في فُسحةٍ وهادِك. أمنعُكَ من

احتلال مكانكَ المُقرَّر في السُّلَّم العظيم، المستوي فيه ألف عام من هامات الأقدمين، وطقوس الأرض الواحدة، وأسراب لا نهاية لها من الأمّهات السّاهرات، ومن ملائكة المُناوَلة الأولى البالغي الرحمة. أضعُكَ خارج الدّائرة المَصونة من الفناءات، الممجِّدَة بقاء العِرق، المحتوية كلّ شيء، والحافظة منذ البداية كلّ شيء.

أجعلُ لكَ موتَكَ في المدينة البحريّة، عند مرفأ الحنين الغامض. في الموت الذي لا تستطيعُ تخيّله حيثُ يَحدُث، ولا في سديمِ أحلامِك. ومع ذلك أجعلُه مقبولاً لكَ ممكناً، وهادئاً مرهفاً. كأنّكَ وُلِدتَ هنا، في المشهد المرسوم الذي يَضمُّك. وكأنّك لم تبرح المكان منذ ولادتك. في سكينة النّظر إلى المراكب الخارجَة ببطءٍ من ضباب الشتاء، وفي حريّة الرغبة والوله والتوهُّج. تسبحُ طيورُ البحر في المدى الخالي من وِزْر التّاريخ والجماعة، حيثُ جسدُ حبيبتكَ الواحد".

ساد التأثر بيننا. ثم نهضت كلارا وطوّقتني بذراعيها الناصعتين، وألقتْ برأسها على كتفي. حلَّ بيننا صمتٌ طويل غمر المكان. بات لزاماً عليَّ الإجابة عن سؤالها عن "الموت الاختفاء"، وهو ما لم أكن أتوقعه وأفضّل عدم الخوض فيه. قلت لها: "تعود رغبتي هذه، كما أظنّ، إلى كون والدتي

على قيد الحياة"، ثمّ أضفتُ: "ومذ عرفتكِ، إلى شخصكِ أنتِ أيضاً". تملّكها الذهول وهي مثبتة نظرها عليَّ، تائقة إلى اكتشاف أمري. أضفتُ بعدئذٍ أني "لم أذكر والدي، لأنه فارق الحياة قبل هجرتي". ثمَّ أكملتُ كلامي: "لشرح ذلك، تتوجّب العودة إلى تلك المرحلة المأسوية، التي رافقتْ سنيّ حداثتي، والتي سقط فيها من حولنا عشرات القتلى. لن أتوقف معك عند تلك القصص المفعمة بالآلام، بل في ما يتّصل منها فقط ب "الموت الاختفاء".

ثمّ أكملتُ: "كانت التقاليد الراسخة من زمان تقضي بأن يتّشح والِدا الميت بالسواد طوال ما بقي من عمرهما. كنت ألتقي في "الحيّ القديم"، حيث كنّا نقيم، العديد من الرجال، المرتدين الأسود، الذين كان يخيّم على وجوههم ونظرتهم ومشيتهم هدوءٌ غريب، أو هذا ما كان يّخيَّل إليَّ. كان ينتابني إزاءهم، على الدوام، هذا السؤال: "كيف يمكن الوالد البقاء حيّاً بعد موت ولده؟". كأنّي كنت أتوقّع موتهم المفاجئ إثر وفاة ابنائهم، ولا أفهم كيف يستمرّون هكذا، زمناً طويلاً جداً، أحياء بين الأحياء. فلم يسبق، في تلك المرحلة المؤلمة، أن مات أحدٌ بعد مقتل ابنه".

تابعتُ كلامي وكلارا صاغية إليَّ بانتباه بالغ: "رافقني هذا

التساؤل طوال سنين. كنتُ أودّ إدراك السبب. كنتُ أظنُّ أنه لو حدث لي مثل ذلك في المستقبل، فلن أقوى بعده على الحياة. كانتْ تقضي العادات أيضاً بأن يُسجّى جسد القتيل في بيته، على سرير، تلتئم حوله والدته وسائر نسوة العائلة والجوار، يرافقنه طوال النهار والليل ويسهرن عليه، ويبكينه بكاءً مرًّا، وكان يستمرّ النحيب الموجع في موكب التشييع أيضاً، يتوقّف فقط خلال صلوات الجنازة، ثم يرتفع من جديد، حتى الذروة، لحظة الوداع الأخير. أمّا الرجال فيلتئمون، في بيت آخر مجاور، يخيّم عليهم الصمت المطبق، خلال أيام النهار من دون الليل. ويستمر تدفّق المعزّين خلال أسبوع أو أكثر.

كنتُ، على صغر سنّي، أحضر مجلس الرجال، رائياً بخفر إلى والد القتيل، منشغلاً به،، متسائلاً كالعادة في قرارتي: "كيف لا يزال حيًا بعد وفاة ابنه؟". ومع الوقت، أدركتُ السبب. إن موت الوالدة، أو الوالد، أو بقاءهما حيّين، أو ما يجري فيهما من تحوّل، إنما يحدث في لحظة رهيبة واحدة: لحظة رؤيتهما، المرّة الأولى، جسد ابنهما، بلا روح. كل ما يسبق ذلك، مثل إخبارِهما بالأمر على نحو تدريجي في معظم الحالات، من أنه جُرِحَ جرحاً بسيطاً، ونأمل شفاءه، وغير ذلك، يدخلهما في حالة مأسوية من المفاجأة والحيرة والضياع. لكن الأمر لا يُصبحُ حقيقةً واقعة، إلا في تلك اللحظة الهائلة التأثير، لحظة

رؤيتهما ابنهما جسداً هامداً.

على الرغم من وجوده في مجلس الرجال، في بيتٍ آخر، مفصولاً عن جثمان ولده، كانت التقاليد عينها تفرض على الوالد زيارة ابنه الميت، أكثر من مرّة، حيث هو ممدَّد محاطاً بوالدته والنسوة. غالباً ما كان يصحبه في زيارته أبناؤه وأخوته. كنت أراقب الآباء وأقول في سرّي: "لو كنتُ مكان هذا الوالد، فلن أذهب قطّا!". كنتُ أتخيّل الوالد وقد امتلكه قلقٌ مهول، وتخوّفٌ بلا حدود، أمام وجوب ذهابه لرؤية ابنه. وكنتُ أتخيّله غير راغب البتة في رؤيته، ولا شكّ لديه في ذلك. كنتُ، في كلّ مرّة، ألج دخائله، وألمسُ شعورَه بأن لقاءه ابنه سيكون أمراً مُريعاً، مثقلاً بمشاعر ورؤى ونتائج تفوق الوصف، لا يمكنه تصوّرها ولا رغبة له في إدراكها. وكان يرى المراحل التي سيمرّ بها، ذهاباً وإياباً بين البيتين المجاورين، سهلاً شاسعاً مظلماً لن يقوى على اجتيازه. لكنّه كان يدرك، تمام الإدراك، أنّ لا مفرّ له من اللقاء. وأن لا أحد فعل ذلك قبله، وهو لن يفعل.

أضفتُ لكلارا، الشاخصة إليّ بذهول، أني أعجزُ الآن عن وصف تلك اللحظة، لحظة التقاء الوالد بابنه المقتول، وأني سأتلو لها بعض ما وردَ في مدوّناتي عنها، هنا أيضاً،

فقلت: "كان الوالد مستغرباً أمره، وكيف ما زال حيّاً بعد موت ابنه، وكيف ما زالت حياته الداخلية مستمرّة كالمعتاد، تتوالى فيها الصور والمشاعر، وكيف يمكنه الانتقال كالمعتاد من فكرةٍ لأخرى. وعندما نهض لرؤية ابنه، مصحوباً ببعض أقربائه، أدركَ أن الموت الذي سيموته هو غير توقّف الحياة في الجسد. وحين دخل القاعة ونظر إلى ولده، شعر أن هذا الكائن المسجّى هنا، الشاحب الوجه، المطبق العينين، الأزرق الشفتين، المتحوّل الملامح، ليس ولده. فولده شخصٌ آخر. وقد أحدث هذا الانفصال المفاجئ، المهول، بين جسد الميت وابنه، في وعيه وذاكرته، ما يشبه الزلزال المروّع في نفسه. فاستغربَ كيف أن احداً لم يرَ ما يحدث له، وكيف أن أحداً لم يشهد هذا الانطفاء العظيم الذي أصابه، وهذا العدم الداهم الذي اجتاح أشياء ذاته إلى غير رجعة. وأنه بعد رؤيته ابنه، وشعوره أنه آخر، لن يعود هو نفسه قطّ، وإلى الأبد. وان الثوب الأسود، الذي سيرتديه حتى آخر أيامه، ليس مظهراً خارجياً، بل تعبير عن موته هو ايضاً. ولم يعد يتساءل كيف بقي حيّاً بعد موت ابنه".

ثمّ أنهيتُ كلامي قائلاً لكلارا: "ما يحدثُ للأم، لحظةَ رؤيتها جسد ابنها الهامد، هو أشدُّ هولاً من ذلك أيضاً". "لذا"، أضفت، "يجذبني "الموت الاختفاء"، كي لا تراني أمي، يوماً،

جسداً بلا روح". ثمّ أضفت: "وكي لا تريني، يوماً، أنتِ أيضاً".

شعرتُ أن تساؤلات لا حصر لها تزدحم في نفس كلارا، تظهر في عينيها، الرائعتي الحضور. لكنها لم تنبس ببنت شفة.

عدتُ إلى الكلام، مضيفاً: "ثمَّ هناك أمرٌ آخر في شأن "الموت الاختفاء" أودّ إطلاعك عليه، لم أبح به لأحد. أخبرني، ذات مرّة، صديقي الأقرب إلى قلبي، كمال فارس، عن اتفاقٍ غريب تمَّ مع والدته المسنّة، بات بمثابة "عقد شرف" بينهما. وأنا أذكره لكِ لأنه ينطبق عليَّ، أنا أيضاً. كان أكثر ما تخشاه أمّه في الدنيا، وقد ناهزتِ التسعين عاماً، أن يموتَ ابنها قبلها. كان هذا الهاجس يقضّ مضاجعها على الدوام. ولتُحرِّر نفسها منه، بحثت الأمر بعمق مع ابنها، ووصلت معه إلى الاتفاق الآتي: إذا عرِف أنه مصابٌ بمرضٍ عُضال، رجته أن يعدَها – يا للوعد الذي يستحيل تصديقه، فكيف بتحقيقه؟ – أن يميتَها، من دون أن تدري بشيء، أو تشعر بشيء، موتاً أشبه بالرقاد النهائيِّ. وأن يُبقي ذلك سرّاً دفيناً بينهما. وهي تعتبر أن هذا الموت هو أكبر خدمة، وأثمن هديّة يقدّمها لها. قال لي إنه وعدها بذلك، لينقذها من هاجسها ويريحَ بالها. لكنّه لن ينفّذه قطّ. فإذا علِمَ أنه يعاني مرضاً لا شفاء منه، سيسافر إلى بلاد بعيدة، لا يعرفه فيها أحد،

وسيستمر في مراسلة أمه ردحاً من الزمن، ثمَّ ينقطع عنها شيئاً فشيئاً، جاعلاً موته، بعدئذٍ، اختفاءً تامّاً يستحيل كشفه".

قلت لكلارا: "هذا هو موقفي بالتمام. أعرف كم تخشى والدتي، المسنّة هي أيضاً، وفاتي قبلها. و"عقد الشرف" الذي قام بين ذلك الصديق وأمه، ألتزمُ أنا به كاملاً، ليس تجاهها فقط، بل تجاهك أنتِ أيضاً. فمن بين كلّ أشكال الموت، لا أبغي إلا "الموت الاختفاء".

لم تجب كلارا بكلمة. خرجنا من الفندق اليد في اليد، في الهواء العاصف، وقد انتصف الليل، وسرنا ببطء وصمت، على طول الشاطئ، قبالة جزيرة باتز الغارقة في الظلمات.

-١٨-

أذكر أيضاً من "أشياء الموت" ما جرى بيننا، يوماً، في صالة الشاي، في حديقة لوتيسيا، قبل زمن من رحلة راسكوف. كنّا ننظر إلى جمعٍ من الفتيات الجميلات، الفرِحات، بلباسهنَّ الأزرق الشاحب، ترافقهنَّ معلمة في منتصف العمر، وقد ظهرن فجأةً أمامنا في زيارتهنَّ الحديقة. أدركتني إزاءهنَّ المشاعر المتداخلة، المتناقضة، عينها، التي تدركني في كلّ مرّة أمام الجموع. ملأني مشهد الصبايا بهجةً، في الحديقة التي يؤمّها العديد من الأشخاص الوحيدين، العابرين فرداً فرداً، بلا أمل لقاء، منهم رجالٌ ونسوة مسنّون، وأساتذة متقاعدون من "المعهد الملكيّ"، لا يعود يأبه لهم أحد. لكن، في اللحظة نفسها، دهمني التساؤل نفسه: "مَنْ مِنَ

الصبايا الزاهيات، سيصيبه "رامي السهام الأعمى"؟ تُرى متى؟ وكيف؟". "هل سيأتي السهم من حشود الجراثيم الفتّاكة داخل أجسادهنَّ الحيَّة؟ أو من أسراب الاحتمالات القاتلة، الفالتة على غاربها في الخارج، الماثلة، كل لحظة، في كل مكان؟". "مَن مِنْ فتيات الحديقة الزاهيات سيُصاب، ومن سيفلت؟".

كنتُ مُعتاداً هذه المشاعر، المتوالية في صورةٍ عفوية، تلقائية، شبه لاواعية، في داخلي، حيث المسافات الفاصلة بين الحاضر والآتي، والاكتمال والانهيار، والبدايات والنهايات، مُصابة بقصرٍ مريع. كانت جزءاً بديهيًا من ذاتي الخفيّة، ومن هذا النهر الداخلي المنساب بلا توقف، نهر الأعماق، بحيث لم أفكّر في نقلها لأحد. لكن لا أدري لماذا أردتُ، ذلك النهار، إشراك كلارا بها.

هكذا، شيئاً فشيئاً في سياق الحوار، ومن دون أن أدري، انتقلتُ من مشاعري إزاء فتيات الحديقة، إلى البوح عن مكنونات علاقتي بالموت، متوغّلاً في حنايا ذاتي الأكثر ظلمةً وغموضاً. قلتُ لكلارا إنّي، رغماً عنّي، وفي دخائلي الأعمق، أكنّ رفضاً مطلقاً للموت. "هذه الفضيحة الكونيّة التي هي هشاشة الجسد البشري"، "هذه الفضيحة الكونيّة التي هي الموت"، أكرّر في مدوّناتي.

١٤٨

تردّدتُ بعض الشيء في متابعة كلامي، ثم ذهبتُ فجأةً في البوح أبعد بكثير، وكأنّي في حالٍ من الانخطاف لم أعد أسيطر فيها على ضوابطي. قلت لها: "في ذاتي الدفينة، المبهمة، الأكثر عمقاً، أشعرُ، بقدر ما يمكنني تلمّس ذلك، أن إحدى مهامّ حياتي الكبرى هي كشف سرّ الموت. هذه هي المهمّة الحقيقية، الخفية، التي هي مهمّتي". ثمَّ أضفتُ: "لا بدّ أنّكِ تستغربين هذا الشعور، وأنا أستغربه أيضاً. لكنّه مُقيمٌ عميقاً فيَّ، وعلى الدوام، وهو جزءٌ ممّا أراه جوهري، ولا قدرة لي على تخطّيه". ثمَّ ذهبتُ أبعدَ أيضاً في انطلاقتي، فقلتُ لها: "وما سوف تستغربينه أكثر، أنّي أشعرُ، في صورةٍ ما، أن كشف السرّ ليس بالأمر المستحيل. وبأن بابه مخفيّ في مكان ما في داخلي، أو في مشاهداتي، لا أدري. أحسّ بوجوده المؤكّد، وبأن مسافةً ما، غير قصيّة، تفصلني عنه".

ثمّ قلتُ، وعيناي في عينيها المدهوشتين: "أعتقدُ، عبر التجربة الحيّة، أن ثمّة تلاقياً أكيداً، لا يعتريه شكّ، بين الإحساس الجمالي وهذا السرّ. وأن التجربة الجمالية القصوى هي طريق الاهتداء إليه. وأنّه في عمق الشعور الجمالي، الهائل، الطاغي، المالئ الذات من أقصاها إلى أقصاها، يمثُلُ الباب المصون، المفضي إليه. هذه هي، في صورةٍ ما، حال ما أسمّيها "اللحظات المتوهّجة"، أو "اللحظات المُضاءة"، وهي

مثالٌ حيٌّ على ذلك. أعتقد أن الذهاب فيها، أعمق فأعمق، وأبعد فأبعد، يفضي إلى ذلك الباب، حيث هو، في وجوده المؤكّد".

وفي حال الانخطاف التي أخذتني، رحتُ أصف لها بعض الأمكنة التي يمكنها "احتضان السر". قلتُ لها: "في حديقة البرتقال الليليّة، الكثيفة الأشجار، المتداخلة الغصون، ووراءها بعيداً، الجبل المُعتِم، حين يتساقط طويلاً ذلك المطر، وترتفع تلك الأصوات والروائح المبهمَة، يعبر فجأةً ظلمة الحديقة طائرٌ كبير...أشعرُ أن السرّ في مكانٍ ما، ها هنا". ثمّ قلتُ: "وأشعر به أيضاً داخل البيت الحجري، الصغير، القديم، المغلق من زمان، فوق "تلّة الريحان"، المحوط من كل صوب بأشجار السنديان الكبيرة، المعمِّرة، في الظلّ والهدأة العميقين، الساحرين، عند آخر ذلك النهار". وأيضاً: "عندما، على حين غِرّة، تعبر المرأة الهيفاء، الفاتنة، الحرّة، برشاقة، تلك الساحة التاريخية، ويسري بينها وبين الصروح العريقة، المتلألئة النوافذ، سحرٌ لا يوصَف. شيءٌ من التلاقي، والتلازم، والوحدة بين الجمالَين، شيءٌ من تخطي الزمن والموت، ومن وعد الأبدية". وأيضاً، كما دوّنتُ مرّةً: "يكفي اجتياز طريق الشاطئ القديمة، من المرفأ إلى برج المنارة، التي عن يمينها القرية وسهولها، وعن يسارها المحيط، وفوقها سماء الخريف

المبهمة، حتى تنتابني كل المشاعر والخيالات والصور والرؤى، التي يمكن أن تنتابني على مدى حياتي، وحتى أعبّر عن كل ما أودّ التعبيرعنه، من البداية إلى النهاية. أكثر فأكثر اقتراباً من السرّ. شيءٌ، مثل" الطريق إلى برج المنارة"، يكون هو كلّ شيء".

على غير عادتها، لم تبدِ كلارا ردّ فعل. كانت مأخوذة بما أقول. فذهبتُ في انطلاقي، أبعد فأبعد، وكأنّ قوّة خفيّة تدفعني. قلتُ لها: "لا خوف لي من الموت، في مطلق الأحوال. هكذا كان أمري على الدوام. أرفضه، لكنّي لا أخشاه. وما أخشاه فيه هو فقط فجيعة أحبتي عليَّ، وما يصيبهم من آلام". ثمَّ أضفت:"على الرغم من هذا الشيء الهائل القسوة، الذي هو وعي الموت، فطالما اعتقدتُ، بيقينٍ تامّ، بأن الوقت الأخير المفضي إليه، هو وقت ارتياح وطمأنينة وحبور لا يُضاهى. وأنّه كلما اشتدّ الاقتراب من اللحظة الأخيرة، كلما اتّسع فرح الداخل. وأنه، في حركة الاقتراب من تلك اللحظة، ثمّة نقطة، حين يجتازها المرء، لا يعود راغباً في العودة، ولو ملَكته كنوز العالم ومجمع مسرّاته. هو فرح الخلاص العظيم من الجسد، البالغ التعقيد والتشابك والتحوّل، والنزوح إلى حالٍ من الخفّة والبساطة والشفافية، تفوق الوصف. لكنّها ليست هي العدم قطّ، ولا صلة لها به".

"بتُّ أتصوّر حركتين مختلفتين في ساعةٍ وفاة عمي سلمان، مطلعَ صباه"، قلتُ لها، "هذه الوفاة التي سبقتْ ولادتي بسنين طوال، والتي تسكنني أكثر فأكثر بعد مضي نصف قرن عليها، كأنها وقعتْ قبل حين، كما ذكرتُ لكِ من قبل. لا شكَّ في أنّ وعيه موته كان أمراً رهيباً، مثل حال الواعين موتهم، زاد منه إحساسه بفجيعة والديه، المتحلّقين حول سريره، ورأفته بهما لعجزهما المريع عن إنقاذه. لكن، في وقتٍ ما، حين دنا سلمان من لحظته الأخيرة، دخل والداه حركة الألم الأقصى، بينما دخل هو حركة الهناء والحبور العميقين. هذه الحركة هي التي تحمل إليَّ العزاء في جلجلة مرضه وموته، وفي احتراق قلبَي والديه، احتراقاً بلا انتهاء، عليه".

حلّ صمتٌ طويل بيننا، قطعتُه من جديد، وعيناي في عينَي كلارا المضاءتين بنور مؤثر، وكأنّنا أضحينا معاً، في حال انتقال، قائلاً: "تعلمين، تكوّن لديَّ، مع دوراني الدائم حول السرّ واقترابي منه، ما يشبه "وهم الأبدية". أعتقد أنه كان فيَّ من زمان، وبلا انقطاع، لكنّي لم أكن أعيه بهذا الوضوح. ليس هو بالوهم حقاً. هو الشعور بعدم الموت. شعورٌ دفين، غريّب، قوي بعدم الموت، ولو كان الموت ملازماً كل مولود، كل كائن حي، ولو كان الموت حلّ على الجميع منذ البدء. شعورٌ

موهومٌ، لا منطقَ فيه؟ ربما. لكنّه شعورٌ حقيقيّ، حيّ، يوصِلُ الغوصُ بعيداً فيه إلى مضامين وأسرار لا قعر لها، حيث لا مكان للمنطق البحت، الضيّق الحدود، المغلق الرؤية".

"لم أشهد، ولا مرّة من قبل، لحظة موت أحد. لا وفاة والدي، ولا وفاة جدّيَ وجدّتيَ، ولا مصرع عشرات الشبّان القتلى، الذين شاركتُ، وأنا يافع، في مآتمهم، وسرتُ في جنازاتهم. لكنني أحسُّ عميقاً بأن الموت، هذا الانتقال، في ثانية، من الحياة، بكلّ أشكالها وعوالمها، بكلّ صوَرها، ومشاعرها، ورغباتها، وأفكارها، وذكرياتها، وأحلامها، إلى الانطفاء التّام، هو أمرٌ غير منطقي، غير طبيعي، وخصوصاً، غير حقيقي قطّ. كيف يمكن أن يكون حقيقيًّا؟"

"كيف يمكن أن تتوّقف حياة المرء لحظةَ موته؟ وماذا وراء هذا الجسد الممدّد الذي لا حياة فيه؟ أين هي حياته؟ لا يعني "الشعور بعدم الموت" الانتقال إلى الحياة الأخرى، السماوية والأبدية، مع أنّي لا أنفي هذا المعتقد قطّ. وأنا أتحدّث عن المشاعر، وليس العقائد، كما ذكرت من قبل. ولا يعني الحلولَ في جسد إنسانٍ آخر، أو كائنٍ ما آخر. فليس هذا ما أريد قوله أيضاً. أشعر بقوّة بأنّ الشخص مستمرٌ في حياته الأرضيّة، في هذا العالم، بكامل شخصه، لكن بشكل آخر،

على نحو مختلف".

ثمَّ أضفت: "كم أتوق إلى معرفة تلك الحياة الأرضية الأخرى. يصل بي الأمر إلى رغبة حيازة بيت، او ثلاثة بيوت، في ثلاثة أو أربعة أمكنة، جدّ متباعدة، أحبّها على نحوٍ خاص، تكون هي أمكنة إقامتي. بيت على كتف وادي قزحيا، وشقة صغيرة مطلّة على نهر السين، وبيت في بلدة الميناء القديمة تمكن منه رؤية البحر عند "شاطئ النخلتين"، وآخر في سان مالو داخل الأسوار قبالة المحيط، وانا أعرف تماماً مواقع هذه البيوت. يكون تنقلي بينها بخفة لا توصَف، تشبه خفّة الأرواح، أو أتواجد فيها في آنٍ معاً، إذ تكون لي نعمة الإقامة في عدة أمكنة في وقتٍ واحد".

أضفتُ أيضاً: "يشغلني على الدوام ما ستكون عليه هذه الحياة الأخرى. لديَّ الكثير من المدوّنات عنها، أودّ جمعها في كتاب، يكون عنوانه "موكب فيرونيكا الليليّ"، أو "في روح الصيف الليليّة"، أو "درس الكتابة العجائبي"، أو "مشاهد من الحياة الأرضيّة"، أو غير ذلك. وآخر ما دوّنته عنها: "في الحياة الآتية، لا تعود الرؤيةُ الجماليةُ رؤيةً نتوق إليها بهذا الشغف الذي لا يُحَدّ، بل تصبح هي الحقيقة المرئيّة حقاً".

-١٩-

إنّها صبيحة السبت في العشرين من شباط. من بين كلّ "أمكنة كلارا"، التي أجهد في الابتعاد عنها، لم أستطع التخلّي عن بلدة سولاك، في عالمها البحري النائي، التي آخذ القطار إليها ذهاباً وإياباً، نهاية كل أسبوع، منذ يوم الاختفاء، وها أنا متّجهٌ إليها اليوم أيضاً. شيءٌ ما لا يُقاوَم يجذبني إلى هناك، كما ذكرتُ من قبل. مع أن عشرات الرحلات لم تُظهِر لي ضوءاً ما، مهما خَفتَ، وعلى الرغم من ليل مضطرب آخر، دهمتني فيه الأحلام المضنية نفسها. استيقظتُ باكراً، مُرهقاً، وسلكتُ الطريق تحت المطر، أنا ومظلتي، إلى "محطّة الغرب".

زخّة مطر شديدة ضربتْ بلّور النافذة، أنقذتني من قسوة ذاك الحلم. كنتُ على وشك الاختناق حين جاءني الغيث. كنتُ في ما يشبه مبنى مطبعة كبيراً، يضمّ طبقات داخلية فسيحة، وقاعات جدّ واسعة هي أيضاً، عالية الأسقف وفارغة. كنتُ أريد الخروج منه. تذكّرت أني خرجتُ، في المرّة السابقة، عبر دربٍ شديدة الضيق والارتفاع، تلفّ بالكامل إحدى قاعاته الخالية، البالغة الاتساع، أفضت بي، نزولاً على درج حديدي، إلى قاعة أخرى تحتها، شبيهة تماماً بها، كان عليَّ اجتياز دربها الضيقة، الشاهقة، التي تلفّها بالكامل هي ايضاً. كان خروجي كثير الصعوبة، إذ إنّي أخافُ الفراغ.

لكن، هذه المرةّ، حاولتُ الخروج بالطريقة عينها، فلم أستطع. لم يكن بمقدوري التقدّم، ولو خطوات، على الدرب الضامرة، التي أضحت أكثر ضيقاً، وقد زال الدرابزون من حولها، وأصبحت أشبه بالحرف الإسمنتي الطويل، المنحدر، الملتفّ على نفسه على ارتفاع شاهق داخل القاعة. هممتُ بالسير فوقها، لكنّي عدتُ أدراجي سريعاً إلى الوراء، إذ كدتُ أن أصابَ بالدوار وأسقط من هذا العلو المخيف، أرضاً.

كان لا بدّ أن أخرج من المبنى. صادفتُ في حيرتي صبيّتين، لا أعرفهما، دخلتا القاعة، من بابٍ انفتح فجأةً، شبيه

بباب المصعد. سألتهما بلهفة كيف لي مغادرة المبنى. دلّتاني
في آنٍ معاً، مشيرتين بيديهما: "من هنا!". ذهبتُ في ذاك الاتّجاه،
حيث وجدتُ بضعة شبّان، لا أعرفهم، يسلكونه هم أيضاً. لكنّه،
في نهاية الأمر، لم يفضِ بنا إلى الخارج، بل قادنا إلى مكان
مكشوف، يتوجّب القفز منه إلى تحت، فوق ما يشبه المربّعات
الإسمنتية. تريّثتُ في القفز، ونصحتُ الشبّان بأن يجدوا لهم
مواقع أكثر انخفاضاً للقفز منها. لكن سرعان ما راحوا يقفزون،
واحد عن يساري، وآخر عن يميني، وحذا حذوهم الباقون.
وبقيتُ أنا، وحدي، عالقاً فوق، لا أجرؤ على مجاراتهم.

لكن، فجأةً، أخذتِ الأمورُ منحىً مأسوياً. بدلاً من
خروج الشبان من المبنى، رأيتُ أحد الذين قفزوا عن يساري،
وهو يغرق في ما يشبه مستنقع الوحل، الذي لم يكن مرئياً من
قبل، إذ بدا أرضاً بالغة الصلابة. راح يغرق في الوحول وهو
يصرخ مستغيثاً وملوّحاً بيديه. ورحتُ أصرخُ بالرجال، من
حيث أنا، بأن يسرعوا إلى نجدته. أتوا إليه من كلّ الجهات.
حاول أحدهم انتشاله بيده، وخلتُ أن الأمرَ قد نجح. لكن ما
لبث، بعد قليل، أن وقع الاثنان في المستنقع. وجاء الآخرون
لنجدتهما، فوقعوا مثلهما، وصار الرجال كلهم ممسكين
بعضهم ببعض، وهم يغرقون في الوحول، ويصرخون في هلعٍ
عظيم.

كنتُ أتوق، بكل ما أوتيت من قوّة، لإنقاذهم. لكنّي لم أستطع القفز من المكان العالي الذي أنا فيه. كنت على يقين بأنّي سأتحطّم شرَّ تحطيم. هممـتُ مراراً بالقفز، لكنّي بقيت أراوح مكاني، وأنا في حالٍ رهيبة، حين أيقظتني زخّة المطر. على الرغم من استفاقتي، لم أستوعب أني في حلمٍ حقاً، بل في الواقع، وكان شيءٌ قويٌّ، غريب، يشدّني إلى ذاك المبنى، ويدفعني دفعاً نحو الرجال الغرقى الذين تركتهم. وأنا لم أخرج تماماً منه، الآن أيضاً، وأنا ألج بوابة "محطّة الغرب".

يتقدّم بي القطار، وهو كالعادة شبه فارغ في فصول الصقيع، إلى سولاك البعيدة. لا أدري لماذا حضرتني عبارة "تُمطِرُ على زهرِ البرتقال"، وهي من العبارات التي تردُ فكري، هي نفسها، بصورة عفوية، من حينٍ لآخر، من دون سبب، كلازمة للحن خفي لا أعيه. تذكّرني بعبارة "وعلى ثيابي اقترعوا"، التي كان يقولها والدي أحياناً بلا سبب. هل هو لحن الشوق إلى أريج زهر البرتقال في أراضي طفولتي، المتوارية ما وراء البحار، الذي يملأ الأرجاء كل عام، بدقة الساعة الكونيّة التي لا تُخطىء، بعد شهرٍ واحد فقط من الآن مع حلول العشرين من آذار، والذي يحمل في ثناياه، أكثر من أي شيء، روح الطبيعة ومجمع أسرارها؟ لا أدري. لكنّي عرفتُ أشياء عن جنائن البرتقال وعن البحر، خلال رحلتي الأخيرة

إلى هناك، أعجبُ من نفسي كيف لم أعِها من قبل، ومن زمان.

حين ننتقل من موريا، بلدة الشتاء، بلدتي، إلى مدينة الفيحاء البحرية القريبة، المتحلّقة حول قلعة صنجيل، غالباً ما نمرّ في حيّ تلّ آغا، على مرتفع قبالة البحر، وقد أضحى مع الوقت مدينة في ذاته. تقع هذه الأمكنة الثلاثة على مجاري الينابيع والأنهر المنحدرة من جبل لبنان، والتي تتحد، بعد موريا، في مسار واحد. ثمة كارثة معمارية كبرى حلّت على هذه الأنحاء مع ظهور مواد البناء الجديدة، والتكاثر السكاني، وتوالي الفتن والحروب، وضعف الدولة، وضياع الذوق الشعبي، والتهافت على "الرفاهية"، وخصوصاً، وهنا تكمن المأساة، توافر المال في هذه البلاد، قبل وقت طويل من توافر ثقافة البناء والمشهد، التي لم تصل إليها بعد، ولا مؤشّر لزمن وصولها. لكن الأرهب من هذه الفاجعة المعمارية هو عدم وعيها. دمار وتشويه هائلان، لا يشعر ولا يدري بهما أحد. كانت مدينة الفيحاء، الفينيقية الأصول، على مدى مئات السنين، عاصمة إمارات وولايات صليبية ومملوكية وعثمانية متوالية. كانت تحيط بها، جهة البحر، بساتين ليمون شاسعة، تفوح منها مطلع الربيع، على نحوٍ كثيف، ساحر، رائحة زهر البرتقال، التي أعطت المدينة اسمها. لكن فجأةً، أخيراً، خلال سنين قليلة فقط، تعرّضت البساتين للإبادة الشاملة، على مدى

النظر، لتحلّ جحافل الأبنية مكانها، بحيث لم يعد في الفيحاء شجرة برتقال واحدة. بلا تردّد ولا حسرة، كأنّها لم تكن. أمّا تل آغا، الذي كان يُعرَف بـ"جبل الزيتون"، فأبيد زيتونه عن بكرة أبيه، من دون أن يأبه أحد. أمّا لجهة موريا، فمصير حقول البرتقال والزيتون كان أفضل حالاً، على الرغم من التشوّه العمراني الكبير الذي حلَّ هنا أيضاً. ولا يعود الفضل لأهل موريا قط، بل للجغرافيا. كان برتقال الفيحاء يمتدّ على سهلٍ منبسط، على مستوى أرض المدينة، صالحٍ للبناء. أما تلّ آغا فكان توسّعه العشوائيّ السريع محكوماً بالقضاء على زيتونه، المتداخل مع بيوته. لكنَّ لموريا شأناً آخر. هي مقيمة على تلّة فسيحة، شبه جزيرة مزنّرة بالأنهر، تطوّقها بساتين البرتقال الممتدّة حول مجاري المياه، في أمكنة منخفضة ورطبة، غير ملائمة للبناء. أما زيتونها فيمتدّ معظمه في السهول، خارجها، بعيداً من مواقع السكن.

أمّا ما اكتشفته في رحلتي الأخيرة، فليس هذه الكارثة، التي أدركها من زمان، بل ظاهرة أخرى، كم استغربتُ عدم وعيي لها من قبل. تجوّلتُ في انحاء تل آغا، وشاهدتُ البحر. بين آلاف العمائر المتراكمة عشوائيّاً، السادّة الأفق من كلّ صوب، كانت ثمّة فتحات ومطلات ضيّقة، يظهر منها البحر. كانت رؤية زرقة اليمّ من فوق، هي آخر ما بقي من "جبل

الزيتون" القديم، بعد إبادته، وهي بارقة الجمال الوحيدة في تلّ آغا. لا شيء تحلو مشاهدته في هذا الحيّ- المدينة المتراكم، إلا البحر. مع ذلك، امتلكني شعور طاغٍ بأن الناس، هنا، ترى كل شيء، إلا البحر، وتعي كلّ تفاصيل نهارها وليلها، وأشيائها ومشاغلها، إلا المشهد الأزرق. تدرك الجماعة كل شيء، إلا جوهرتها الوحيدة الباقية، فهي خارج وعيها. ولو زال البحر على حين غفلة، بسحر ساحر، من هنا، لما أبه له أحد.

ومثلما جلتُ في تل آغا، مشيتُ طويلاً حول بساتين البرتقال التي تزنّر موريا، بلدة الشتاء، وخجلتُ من نفسي كيف لم أفعل ذلك ولا مرّة، منذ صباي الأوّل. جنائن كثيفة، شاسعة، متلألئة الثمار، حافلة بجوقات العصافير، تتوالى بعيداً وعميقاً، بلا انقطاع، على ضفاف الأنهر الثلاثة وعلى وقع خريرها، رشعين الآتي من أسفل الجبل، وجوعيت وقاديشا، النابعين من أعاليه. لا أعتقد أن بلدة أخرى في المشرق تملك مثل هذه الغوطة الفريدة. ولا شك في أنّ برتقال موريا هو كنزها البديع، وأثمن وأبهى ما فيها. مع ذلك، لا يراودني شكّ أيضاً في أن شعب موريا لا يرى هذه البساتين، ولا يدري بها، ولا يعيها قطّ. وأنّ أي مقهى، أو متجر، أو محلّ لباس، في موريا، مقيم في وعي ناسها، أكثر بما لا يُقَاس من غوطة بساتينها. أعظم ما في موريا هو خارج وعيها. وهنا أيضاً، لو

غابت جنائن البرتقال بسحر ساحر، لما تركتْ أثراً يُذكَر في وجدان البشر.

ما أدركتُه في رحلتي الأخيرة أن مكمن العلّة في موريا، كما في تل آغا، الذي تنبثق منه كل مشاكلهما، أن الأولى لا تعي بساتين البرتقال، والثانية لا تعي البحر. إن استمرار الفتن والحروب في هذه الأنحاء، وتفاقم الأزمات المعقَّدة المؤلمة، إنما يعود، بالدرجة الأولى، إلى هذا السبب الجوهري عينه، الذي أخجل من نفسي، يا للغرابة، كيف لم أكن أعيه، أنا أيضاً. ومثل موريا وتل آغا، سائر البلدات والمدن. وإذا البحر، وبساتين البرتقال، وسهول الزيتون، وغابات الصنوبر، والتلال، والسفوح، لم تعد وتَلِجُ عميقاً وعي هذه الأنحاء، فلن تعرف الخلاص يوماً.

-٢٠-

كانت نافذة القطار الساكنة، الحاوية انسياب السهول والتلال ومجاري الأنهر ومطارح الغياب، تفتح الذاكرة على مداها الأوسع. قلت لنفسي، مرّة أخرى:"هذه هي نافذة الحرية واستعادة الذات". وفي توالي الصوَر والمشاعر الذي لا يتوقّف لحظةً، قلت: "لماذا لم تسألني كلارا عن أيّ أمر في "أشياء الموت" التي حدّثتها بها، على الرغم من غرابتها، وعلى الرغم من تأثّرها العميق حين سماعها، ولماذا، بعدها، لم تثر معي موضوعها قطّ؟". شيءٌ يصعب تفسيره لمن يعرف طبائع هذه المرأة. أذكر أنه، في تلك المرحلة، وبعدها، أبدت كلارا الكثير من الاهتمام بمحاولة انتحار سارية مُراد، حبيبة صديقي الأقرب، كمال فارس، مع أنها لا تعرفهما ولم ترهما من قبل.

وما شغلَها وأربكَها على نحو خاص، هو موقف حبيب سارية من محاولة انتحارها، وأكثر أيضاً، موقفي أنا منه، الخالي من الإدانة. لم تفهم كلارا هذا الأمر قطّ، وظلّتُ تتساءل حوله باستمرار، بلا نتيجة.

قرَّرتْ سارية إنهاء حياتها في الطبقة السفلى من "محترف ناظِم القُدسي للزجاجيات والترميم الفنّي"، حيث كانت تمضي الليل وحدها، وحيث تعرَّفت إلى حبيبها، كمال، قبل أربعة أعوام. ولولا العواء الطويل، الموجِع، الذي أطلقه كلب الهاسكي، كوبر، شاقاً عُباب الظلمة، لما درى بها أحد. كان أول الواصلين إليها، من بيته القريب، رسّام الزجاجيات، الذي وجدها ممدّدة أرضاً، على مقربة من لوحة كبيرة قديمة، موضوعة هناك لترميمها، تمثل فارساً جريحاً فوق حصانه على ضفة أحد الأنهر.

لا بدّ لي من التوقف قليلاً عند هذا المحترف، الذي يشغل مبنىً مستطيلاً كبيراً، عالي السقف، من طبقات ثلاث، يقع في حقول الزيتون، جنوبي موريا، ويطلّ على مجرى نهر جوعيت الذي يصل إلى هناك، مُنهكاً، ملوّثاً، بعد رحلته الطويلة من أعالي جبل المكمل، وما يعترضه خلالها من كوارث. طالما شكّل لي هذا المحترف، كما لكمال

وسارية، ملجأً وملاذاً فريداً، وسط خراب الطبيعة والمجتمع المحيطين بنا. ولا شكّ في أن سارية اختارت هذه الواحة رمزاً لإنهاء حياتها. وقد وردتْ في مدوّناتي صفحةٌ، أنتقلُ فيها من مدينة السين إلى هذا المحترف، تلخّص مشاعري نحوه، إذ كتبتُ:

"أمورٌ شبه عجائبية لا يدري بها عابرو السبيل، ولا سائر البشر. أن تكون مارّاً، أواخر القرن العشرين، في خضمّ شارعٍ باريسي، بين زحمة السيارات، والإعلانات الملوّنة، لأجساد ونشاطات وبضائع لا عدَّ لها، وحركة الناس، البالغة التسارع في كلّ اتجاه، لا تلتفت في اندفاعها إلى شيء. وأنتَ فيها ومنها، ذاهب إلى هدفك، متأخّرعن موعدك. تمرّ أمام كاتدرائية قوطية، أو كنيسة قديمة، ممّا تحفل به مدينة السين، ولا يفكّرالعابرون في ارتياده. لا مكان لهذه الصروح في عالمهم، ولا وجود لها في سلّم اهتماماتهم، ونهر الوقت الجارف آخذٌ في طريقه كلّ شيء. كان يقف الفيلسوف الشعبي على قارعة جادّة سان ميشال، قرب ساحة السوربون، يسأل على حين غرّة المهرولين إلى مكاتبهم صباحاً، ببذلاتهم الأنيقة، وحقائبهم السوداء، ووجوههم المُغلقة، الواحد تلو الآخر: "وأنتَ، إلى أين أنتَ ذاهب؟". كان يحظى منهم بشبه نظرة خاطفة، فارغة، لا تنطوي ولو على قليل من

الدهشة، أو الاستغراب، أو التساؤل. لا شيء. لا وقت لديهم لأي تعبير.

مع ذلك، فإن الأعجوبة ماثلة هنا. تكفي بضع خطوات لتلج هذه الكاتدرائية، فتنتقل في لحظة، من القرن العشرين، إلى قلب القرون الوسطى، مجتازاً بلمح البصر، سبعماية عام. قطيعة نهائية مع الخارج. يُضحي الزمن بطيئاً على نحو لا يوصَف، يكاد يتوقف، في العالم الساحر الذي أنت فيه. ولا أحد، من الفانين أعمارَهم وراء الثواني والدقائق الهاربة، يدري. في روعة السكينة العميقة، والنور الداخلي، المُصفّى، المتسرّب من فسحة النهار، خافتاً، خفِراً، عبر رسوم الزجاج، وسيمفونيا الأعمدة الشاهقة، والقناطر الضارعة، الرهيفة التخريم، في الفراغ الشاسع، الموحَّد اللون، المسكون بلوحات زيتية لا زمنية، وتماثيل صغيرة متباعدة، تكادُ لا تُرى، وشموع مرتعشة، وظلّ امرأة جاثية، وحيدة، في البعيد، متّشحة برداء داكن، تختصر الوجود البشري منذ بدء الزمان. هذا هو المكان الذي لجأتْ إليه الروح.

ومثلما تلجأ الروح إلى كاتدرائيات القرون الوسطى في المدن الصناعية، تلجأ إلى بعض المعابد المغرقة في القدم، شبه المهجورة، والصوامع المحفورة في الصخر، وإلى

البيوت الحجرية المنسيّة، في سفوحنا ووهادنا، المشوّهة بالعمار– الدمار، الزاحف إليها من كل صوب. وليس من يعي خراب المشهد، ولا من يشعر أو يفكّر في مأساة جبل لبنان، الذي كان، على مدى قرون طويلة، رمزاً للجمال الأرضي في المخيلة البشرية.

كما تلجأ الروح إلى مطارح أخرى أيضاً. مثلما لجأتْ إلى محترف الرسام ناظِم القُدسي للزجاجيات، قبالة موريا، بلدة الشتاء،المقيمة فوق هضبتها، المحوطة بالأنهر من كل صوب، وقد أنهكها، كما في كل عام، آب اللهاب، بعد أن هجرها أهلها إلى أفقا، بلدة الصيف، في الأعالي.

لم أدرك قبل اليوم حقيقة هذا الفنان، رسام الزجاجيات، حقيقته الكاملة. صحيح أني كنتُ أكنّ له على الدوام المودّة والمحبة، لكنّي لم أكن أعرف طريقة عمله وحياته من قرب، ولم أكن أعي فرادة شخصه، وما يحمله من رموز. شاءت الظروف أن أزوره هذا الصيف، مراراً، في محترفه المسوّر، المتواري بين حقول الزيتون، المطلّ على النهر الغارق في جنائن البرتقال، وأن أراه وأرى عالمه عن كثب.

سبع فضائل، باتت شبه مفقودة في هذا المجتمع، ملتئمة فيه وفي محترفه: الرؤية الجمالية، التائقة إلى تضمين الزجاج

أسرار الطبيعة، في فسحاتها وألوانها وأضوائها وظلالها، وأسرار الروحانية والذاكرة والهوية. مهارة الصنعة، صنعة الزجاجيات، التي لم أكن أعلم كم تقنياتها دقيقة، معقّدة، متشعّبة، صعبة المسالك، وكم تتطلّب من الانضباط والتضحية والمثابرة والسهر والصبر والجهد الجسدي والنفسي الشاق، فضلاً عن المخاطر، في بيئة باتت تسود أفعالها السهولةُ والفوضى والارتجال ورغبة الربح السريع، كيفما اتفق. الزهد التام بالشهرة، وما يصحبها من جهود إعلامية وعلاقات اجتماعية وخدمات نفعية ومكاسب مادية ودعوات ومآدب وتكاذب، هو لا يوليها دقيقة واحدة من وقته، بينما يلهث خلفها معظم الكتّاب والفنانين، ليلَ نهار. حبّ الشجر والزهر والنبات، التي زرع منها أصنافاً كثيرة حول محترفه، يوليها عنايته الدائمة، في حين تتعرّض الطبيعة من حوله لأبشع تشويه وتنكيل. فضيلة التواضع، وسط التباهي والمفاخرة الفارغة. فضيلة الصمت، وسط الضجيج. فضيلة العزلة.

مثل هذا المحترف وصاحبه أشبه بالأعجوبة في محيطهما المضطرب، الضائع، الذي لا يعي ما به. إنها روح الشعب التي لجأتْ إلى هنا. وهي الدليل على أن هذه الروح ما زالت حيّة، لم تمُت. علامة من علامات الرجاء والانتظار، في زمن الجنون المشرقي".

في هذا المحترف، تمَّ التعارف بين كمال وسارية، التي كانت في نحو الثلاثين من العمر، تكبره ببضع سنين. كانت سارية مُراد امرأة فاتنة، واسعة الثقافة، قوية الشخصية، تتقن الرسم، وفن ترميم اللوحات والجداريات، الحائزة فيه شهادة رفيعة من "معهد تور العالي للفنون الجميلة". كانت هذه المرأة، في طبعها ومسار حياتها ونظرتها إلى نفسها، تمثّل حالة خاصة نادرة في مجتمع موريا، التقليدي الهويّة، الذي لا يقبل الاختلاف، حيث لا علاقات مُعلَنَة خارج الزواج، وحيث الطلاق شبه مستحيل، ولا مكان لامرأة تنشدُ العيش وحدها. كما أن اختصاص سارية الرفيع في الترميم الفني، وخبرتها في متاحف باريس وروما وفلورنسا، لا يتلاءمان مع حال الترميم الفني في هذا المجتمع وفي محيطه، حيث غالباً ما يُعهَد فيه الترميم إلى"فنانين" لا اختصاص لهم ولا معرفة، يتقاضون أسعاراً زهيدة، ويجمّلون اللوحات وفقاً لذوق شعبوي، بسيط وجاهل، يشوّهون به الأعمال الفنية، ولا من يدري. هكذا تمّ القضاء على مئات اللوحات "المرَمَّمَة"، في الرسم المدني العائد للنصف الثاني من القرن التاسع عشر ومطلع القرن العشرين، وفي الرسم الديني الأقدم.

تعرف سارية ذلك كلّه تمام المعرفة ويصيبها بكثير من الألم. لم ترجع إلى هنا لتعمل، بل لأنها قرّرتِ الابتعاد عن

الغرب، إثر الجرح العميق الذي أصابها. فسارية امرأة مجروحة الروح. وفي الحقيقة، هي مُصابَة بجرحين، ثانيهما لا شفاء منه. أحبّت في مستهل صباها شاباً إيطالياً كان زميلاً لها في معهد تور، وقد تزوّجا ورُزِقا بصبي، كانت سارية تكنّ له حبًّا لا يوصف. انتقلا إلى روما وعملا، غالباً معاً، في ترميم اللوحات والجداريات، وصارا معروفين ومُقدَرين لشغلهما المتقَن، على الرغم من صغر سنّهما.

لكن سرعان ما كان القدر بالمرصاد. اكتشفت سارية على نحو مفاجئ، بعد بضع سنين، أن زوجها كان يخونها سرًّا. لم تعد تحتمل رؤيته، فكيف بالعيش معه؟ وعلى الرغم من ندمه وتوسّلاته، وحتى بكائه، أصرّت على الطلاق منه، وبقي الصبي، البالغ سبع سنين، في عهدتها. كان يحمل اسم والدها، رامز، وكان لافت الحسن والذكاء. وذات يوم أحد، وهما يتنزّهان معاً في حديقة فيلا بورغيزه، هي سيراً على القدمين، وهو على درّاجته الصغيرة، غافلها وخرج من أحد الأبواب إلى الشارع، فصدمتْ سيارة عابرة، على نحو طفيف، درّاجته. لكنه، يا للهول، وقع واصطدم رأسه بحرف الرصيف. نُقِل سريعاً إلى المستشفى، وما لبث ان فارق الحياة امام نظر والدته.

١٧٠

حين أخلتْ سارية شقتها في روما وحزمت حقائبها، كان عليها الاختيار بين وجهتين: الذهاب إلى جزيرة سانتا مرغريتا، عند الشاطئ الفنزويلي، حيث يملك والدها وأخواها فندقاً على البحر، أو التوجّه إلى بيت أهلها المغلق، قرب موريا، الذي ترقد والدتها، من زمان، تحت سنديانة حديقته. لم تتردّد سارية كثيراً في سلوك طريق موريا. وحين، بعد شهور، التقاها رسّام الزجاجيات، أدرك فوراً أهمية دورها في الترميم، ورأى فيها نعمة من السماء هبطتْ على المنطقة. فتح لها أبواب محترفه، مضيفاً إليه، من أجلها، نشاط "الترميم الفني". كما قامت "لجنة الكتّاب والرسّامين في موريا"، التي تألّفتْ حديثاً آنذاك، بالترويج لسارية، داعيةً إياها إلى الاضاءة

على فن الترميم، عبر العديد من اللقاءات والمحاضرات. كانت تلك اللجنة تضمّ نخبة مستنيرة، من بينها رسّام موريا القديمة، المُبدِع والمتعدِّد الفضائل، خليل خوّام، الذي أدرك من زمان خطورة الترميم العشوائي، وأولى شخص سارية كل اهتمامه. هكذا، لم يمضِ وقتٌ طويل حتى صارت سارية تتلقى العروض من مختلف أنحاء البلاد، وباتتْ هي المرمِّمة المعتمَدة لدى متحف سرسق.

كان كمال، الشاب الرفيع الخلْقِ، الواسع الثقافة، المبادر إلى طرح الأفكار الجديدة، الذي تحوّل، شيئاً فشيئاً، من الفكر السياسي والمجتمعي، إلى الاهتمام بالجماليات والماورائيات، أقرب أصدقائي إلى قلبي، كما ذكرت من قبل، بحيث كنت أرى فيه "شقيق الروح"، كان يكنّ لسارية حباً جارفاً، وكانت تبادله حبّه. ومع أنه لم يقم معها في بيتها، فكان يمضي الكثير من الوقت هناك. ولم تكن سارية تأبه لنظرة الناس الرافضة هذه العلاقة. وفي أي حال، كانت تعيش في عالمها الخاص، وفي الدائرة الضيقة التي ترتاد محترف الزجاجيات، ولم تكن كثيرة الاهتمام بالاندماج في المجتمع. أولتْ سارية كمالاً، في ما أولته أياه، حب السفر والاكتشاف، وقد قاما، مذ التقيا، برحلَات عديدة، خصوصاً في أرجاء آسيا، حيث تعرّفا الى الكثير من المشاهد الطبيعية والمدن التاريخية والثقافات.

١٧٢

وكان كمال يدوّن انطباعاته الشخصية، بأسلوب أدبي مرهف. وكم شجّعتُه على إصدارها في كتاب، من دون جدوى، إذ يرفض النشر رفضاً مطلقاً لا عودة عنه. وقد أورد اسمي في ما سمّاه "وصيته"، وطلب مني مراراً، حرق كتاباته كلها، في حال تعرّضه لمكروه.

كان بيت أهل سارية، حيث تقيم، مبنيّاً بالحجر المقصوب، وهو مؤلَّف من طبقتين فسيحتين، عاليتي السقف، يرتفع فوقهما قرميد أحمر، يضمُّ غرفة صغيرة، تُسمّى "عُلّية" في الطراز المعماري التقليدي، المطَعّم بمؤثرات إيطالية. كان يكمن رونق هذا البيت في صفائه الهندسي، إذ نجا كليّاً من الاضافات المؤذية التي طالت العديد من البيوت تحت وطأة التكاثر السكّاني وتجزئة الإرث. لكن ما يميّزه أيضاً وخصوصاً، هو الحديقة الكبيرة، المسوّرة، الكثيفة الشجر والنبات، التي تحيط به من كل صوب وتحجبه تماماً عن الأنظار. وقد اختارت سارية النوم في العلّية، الموصولة بالأسفل بدرج خشبي لولبي طويل، رائع الصنع.

كانت سارية شديدة التعلُّق بهذا البيت وحديقته، المتواريين بين حقول الزيتون، واللذين يحضنهما، شرقاً، جبل المكمل المهيب، المغطّاة قممه بالثلوج طوال العام. فهنا رأت

النور وأمضت طفولتها وصباها الأوّل. ولا شكّ في أن هذا المكان وأسراره كان لها دورٌ مؤثرٌ في يقظة مشاعرها وتكوّن ذاتها الجمالية. كانت تعرف كلّ تفصيل من تفاصيل البيت والحديقة والمشاهد المحيطة، عن ظهر قلب، وكانت، منذ سنيّها الأولى، تهوى الأدراج والسلالم وتسلقها، بينما تحذّرها والدتها على الدوام من تماديها، فتجيبها: "لم يحدث أن وقعت يوماً!".

أيّ علاقة لعوالم الطفولة بما حدث لها، ليلَ يوم جمعة "بلا قمر"، كما يقولون، بينما كانت وحدها، وكان كمال يزور أخته في قبرص نهاية الأسبوع، حين زلّت بها القدم، وهوتْ من أعلى درج العليّة أرضاً؟ لم تقع على رأسها، لكنّها أصيبتْ بكسور عديدة في أنحاء جسدها، ولم تعد قادرة على الحراك. لم تكن تجديها الاستغاثة في عزلة بيتها، فلا أحد سيسمع صراخها. كما لم يكن باستطاعتها الوصول إلى الهاتف لتُبلِغ عمّا هي فيه. كانت تنزف، لكن ببطء. ومن حسن طالعها أنها وقعت على مقربة من قنينة ماء نصف فارغة، صدف أن كانت هناك، بذلتْ مجهوداً هائلاً للإمساك بها. كانتْ تشرب من حين لآخر، لتروي قليلاً عطشها المتزايد. بقيتْ في مكانها طوال ليل الجمعة ونهارَي السبت والأحد، بلا مأكل، ونزفها البطيء مستمرّ. كانت قضتْ عطشاً لولا

نصف قنينة الماء. رنّ جرس الهاتف مراراً بلا جدوى. ولم تنتهِ جلجلتها إلا صبيحة يوم الاثنين حين عاد كمال وفتح الباب، فسمع أنينها. أخذ يناديها كالمجنون، مهرولاً إلى الطبقة الأولى، حيث وجدها في الرمق الأخير.

كان عليها الخضوع لعلاجات طويلة ومضنية، لترميم عظامها، ومن ثمَّ لتدريبها على الحركة، امتدّت نحو عامين. أُجريَ لها العديد من العمليات الجراحية، وتمارين لا تُحصى. بذلتْ جهوداً جبّارة، وأظهرتْ إرادة وانضباطاً شديدين، لتكتسب حركتها الطبيعية. لم يكن مؤكّداً قطّ أنها ستستعيد معظم حركتها. لكن في نهاية المطاف، اكتسبتْ نحو تسعين بالماية منها، وعادت إلى حياتها ونشاطها السابقين. وطوال معالجتها، كان كمال يلازمها ليلَ نهار كظلّها، ويقف إلى جانبها في كلّ أمر، على نحو أثار إعجاب كلّ عارفيه.

تُرى لماذا، بعد شهور من تعافيها الصعب المنال، قامتْ بمحاولة الانتحار؟ تناولتْ كميّة كبيرة من الحبوب المنوّمة، لكنّها لم تمت، بل دخلتْ في غيبوبة عميقة، لم يكن معروفاً إذا كانت ستخرج منها. بعد نحو عام، استفاقت من غيبوبتها. لكن لا أحد يعلم، الآن، حقاً، إذا كانت ستستعيد يوماً كامل قواها العقلية والجسدية.

كان كمال، ليلة الحادثة، ومنذ أيام، في بيبلوس القديمة التي تحبها سارية، يفتّش فيها، وفق رغبتها، عن مأوى صغير، يقيمان فيه من حين لآخر، حين يشتاقان إلى البحر. سارع رسّام الزجاجيات إلى الاتصال على الهاتف بكمال فجراً، في فندقه، بعد اكتشافه حال الانتحار. لم يكن لها من أقارب سواه في هذه البلاد. لكن الرسّام صُدِمَ، وأيّ صدمة، بردّ فعل كمال، البالغ الغرابة. بعد إبلاغه الخبر، وقد استيقظ فجأةً من نومه، ساد صمتٌ طويل على الهاتف، ثم قال كمال: "لا أريد، منذ الآن، سَماع أي شيء عن سارية!"، وأقفل الخط. بعد نقلها إلى مستشفى "سيدة موريا" القريب، أخبرني الرسّام عن ذلك، غير مُصدّقٍ أذنيه. هتفتُ صباحاً لكمال لأطلعه على ما جرى، لكنه سرعان ما قاطعني قائلاً: "رجاءً، لا أريد سمَاع أي شيء عن سارية بعد الآن، وداعاً".

منذ ذلك اليوم، لم يعد كمال إلى موريا. وجد له مسكناً في بيبلوس وبقي هناك. لم يزر سارية ولا مرّة في غيبوبتها الطويلة. حضر أخواها من سانتا مرغريتا وبقيا معها. وحين، بعد نحو عام، استفاقت من الغيبوبة، ولو متعثّرة، سارعتُ إلى إبلاغ كمال الخبر السارّ، وقدّ هزّتِ الفرحة قلوبنا جميعاً. لم يبد على الهاتف أي ردّ فعل، قائلاً لي بهدوء، هذه المرّة أيضاً: "لا أريد أن أعرف شيئاً عنها".

كان موقف كمال من محاولة انتحار حبيبته من أغرب ما عرفتُه في حياتي، وما زلتُ أحاول فهمه حقاً، حتى اليوم، بلا جدوى. خصوصاً أنه نقيض صاحبه. فهو صادر عن رجل مرهف الاحساس، صادق المشاعر، يعي عميقاً معنى التضحية والرأفة، ويقدّس الواجب، الذي يحلّ مبدأه لديه عالياً، فوق مبدأ السعادة. وخصوصاً أيضاً، أنه امتنع عن اعطاء أي تبرير، ورفضَ، رفضاً جازماً، الخوض مع أيٍّ كان، في هذا الأمر. بعد أن راجعتُ هذا الموقف طويلاً وعميقاً في نفسي، لم أجد له إلا أحد تفسيرات ثلاثة: أن يكون كمال شعر بخيبة وأسى هائلين، إذ أقدمت سارية على الانتحار، على نحو مفاجئ، لا يدركه عقل، بعد الجهود الطويلة المرهقة، التي بذلتها بقوة وشجاعة كبيرتين، وكان هو معها كظلها، لتخطي كسورها واستعادة حركتها وحياتها. أو أن يكون كمال قد عانى الأمرّين، بصمت وطول أناة، من علاقة بالغة الاضطراب، حافلة بالعذابات، مع سارية، كانت محاولة الانتحار، فيها، هي النقطة التي طفحتْ معها الكأس، بلا عودة. أو أن تكون ارتكبتْ خطأً كبيراً في الماضي بحقه سامحها عليه، وبعد كل الاضطراب، ثم محاولة الانتحار، تملّكه اليأس النهائيّ، وبات خائفاً منها، على نفسها وعليه، على نحو لا يحتمله. أو ربما هذه التفسيرات الثلاثة معاً. لكن مهما يكن من أمر، وأيّاً كانت

الأسباب، كيف يمكن كمال البقاء على هذا القدر من القساوة واللامبالاة، إزاء فعلٍ بالغ المأسوية كمحاولة انتحار سارية، ودخولها الغيبوبة، وكيف يمكنه التعتيم التّام على مصيرها، كأنّه لم يعرفها، وكأنّها لم تكن؟ توصّلتُ في الحقيقة، وفي الختام، إلى الاستنتاج الآتي: مثلما أخشى كثيراً على مصير سارية المؤلم، ينتابني، في أعماقي، قلقٌ بالغ على حبيبها، إزاء ما يمكن أن يفعله به موقفه، في نهاية الأمر، ممّا لا أستطيع إدراكه.

تركتْ قصة محاولة انتحار سارية مُراد، التي نقلتُها ذات يوم لكلارا، أثراً عميقاً في نفسها، كما ذكرتُ، وباتتْ تسألني عنها باستمرار، مستهجنة بشدة ردَّ فعل حبيبها، الذي رأت فيه "موقفاً متوحِّشاً". كما لامتني بحدّة، لم أعهدها فيها، على ما أسمته "تسامحي معه"، ولم تفهم كيف لم أقطع علاقتي به نهائيًّا بعد ما حدث. قالت لي مراراً: "كيف تقبل بمثل هذا الشخص صديقاً لكَ؟". عبثاً حاولتُ إيضاح موقفي لها، وكيف يصعب عليَّ الحكم المبرم في مسألة مأسوية معقدة، أعرف عن كثب طرفيها وأحبّهما، وهي لا تُختَصَر بصورة الجلاد والضحية، على الرغم من استغرابي العميق ردَّ فعل الرجل وشجبي له.

في دوامة الاضطراب التي تلازمني أكثر فأكثر، مع اليأس

المطبق، الذي يلوح أمامي، من إمكان العثور على كلارا، أو إلقاء بصيص ضوء ما على سبب اختفائها، يراودني بقوّة هذا التساؤل الغريب، وقد دخل القطار غابة الصنوبر البحري مقترباً من سولاك: "ماذا لو كان موقفي من محاولة انتحار سارية مُراد، أخاف كلارا مني وممّا يمكنني فعله معها في المستقبل، وكان وراء اختفائها؟".

عدتُ من سولاك، كما في كلّ مرّة، محبطاً، خاوي الوفاض. لم يكن ينقصني في متاهتي إلا لقائي سارة، صديقة كلارا الوحيدة، مساء أمس، بعد طول غياب. بقينا معاً في المقهى، قبالة جسر"بون ماري"، حتى وقتٍ متأخّر من الليل. كان لقاؤنا بمثابة الحجر الذي أُلقيَ، من غير قصدٍ منها، في البحيرة المظلمة التي تلفّني، بحيرة اختفاء كلارا. لم تُدرِك سارة وقعَ ما قالته، عليَّ، ولم أدعها تدركه، إذ أخفيتُ ردّ فعلي واحتفظتُ به هائجاً مائجاً في دخائلي. كنتُ أخشى استغرابها لي، إن عاتبتها على إخفائها عنّي هذا الكلام حتى اليوم. كانت ستفكّر في سرّها: "ما أهميّة ما أقوله، كي أبوح، أو لا أبوح به، وما علاقته باختفاء كلارا؟". وأغلب الظن أنّي،

لو كنت في حال عاديّة، لما توقّفتُ عنده. لكن في الوضع الذي أنا فيه، أثارَ كلامُها ما أثاره لديَّ من تساؤل وريبة وترك تموّجات لا تُحَدّ في أرجاء نفسي.

كان لقاؤنا يدور، كالعادة، حول مأساة الاختفاء. لم تكن تعرف أي جديد، كذلك أهل كلارا في شنغهاي، إذ كانت على تواصل دائم معهم. وفي خضمّ الحديث، وصلنا، لا أدري لِماذا، إلى علاقة كلارا بذلك الشاب النمساوي، رفيق طفولتها وصباها الأوّل، الذي دخل رهبنة الصمت. أذكر تماماً أن كلارا لم توضِح لي ما إذا كان عدم تجاوبها مع حبّه، هو الذي قاده إلى الحياة الرهبانية القاسية، أم لا. قالتْ إنّها لا تعلم حقيقة الأمر، لا أكثر. لكنّ سارة كشفت لي مساء أمس عن حوارات جرت بينه وبين كلارا، قبيل خروجه من العالم، لم تأتِ كلارا على ذكرها أمامي قطّ. لا يعني ذلك أنها لم تقل لي الحقيقة، لأنها، كما أكّدتْ صديقتها أيضاً، لا تعرف في العمق دوافع تركه العالم. لكن الحوارات التي أخفتها عني أصابتني بالذهول والخيبة، إذ كنت أعتقد على الدوام أن كلاً منا كشف للآخر كلّ مكنوناته. كنت أقول لنفسي، وسارة مستمرّة في سردها، من دون أن تعي ما أصابني: "كيف يمكن كلارا أن تخفي عني هذه الحوارات؟ وإذا كانت أخفتها عني، فما الذي يؤكّد أنها لم تحجب عني أموراً كثيرة أخرى؟". لو

أخبرتُ سارة عن تساؤلي، لكانت سارعتْ إلى القول: "لم تبح لك بذلك لغرابته، ولأنها، مثلما لم تزوّدك، ولا زوّدتني انا أيضاً، اسمه، فهي على الأرجح رغبت في احترام أسراره، وصون شخصه. خصوصاً أمامك، إذ أولتكَ حبّاً، لم تولِه ذرّةً منه، بينما كان مُقدّراً له أن يكون حبيبها الأوحد وزوجها".

كنتُ أسعى بذلك إلى التخفيف، ولو قليلاً، من شدّة تأثّري. قالت سارة إنّ كلارا تشكّ ولا تؤكّد، في أنّ إحساساً بالذنب، كان يؤرّقه، دفعه إلى رهبنة الصمت. ليس تجاه فعلٍ ما، ارتكبه، كلا. بل تجاه شعورٍ غريب كان يراوده، ضدّ إرادته ورغبته وطبائعه. كان يدعوه "الشعور المظلم"، وأحياناً "الشعور المخيف" أو "الشعور الآثم". إحساس بالرضى تجاه مصائب الآخرين وآلامهم، يعبرُ وعيه سريعاً، أو يتوهّم أنّه يعبره، لا يدري. كان يعيش، داخل شخصه الهادئ، الحسّاس، الموله بالموسيقى وجمال الطبيعة، صراعاً صامتاً رهيباً مع "الشعور المظلم". وحين لم يعد قادراً، وحده، على تحمّل عبئه، باح به لكلارا، الأقرب بين البشر إلى قلبه. لم يكتفِ بالإشارة إليه، أو وصفه، بل ذهب أبعد، متوقّفاً عند العديد من الأحداث والحالات، حيث كان يتراءى له شعوره ويقضّ مضاجعه.

ذكر لها، كما روتْ لسارة، أنه كان في الرابعة عشرة حين أدرك، المرّة الأولى، ذاك الشعور. ربما كان يحضر في وعيه من قبل، لكنه لا يتذكر أنه توقّف عنده أو أولاه اهتماماً. حدث، ذلك الشتاء، أن انقلب مركب في الدانوب، في منطقة فاخو. تمَّ إنقاذ رجل وامرأتين، وفُقِدَ ثلاثة رجالٍ آخرين. تأثّرتْ والدته كثيراً لما حدث، إذ عرفت تفاصيله من ابنة إحدى الناجيتين، التي كانتْ تتلقى لديها دروساً على البيانو في "معهد كريمس العالي للموسيقى". دعتِ الوالدة طلابها في المعهد إلى أمسية تأمّل وصلاة في بيتها، على نيّة المفقودين الثلاثة، استهلتها بعزفٍ لباخ، وكان الجو مؤثّراً للغاية. شارك هو في الأمسية. وفوجئ وهو غارقٌ في تأمّله ودعائه بأنّ شيئاً ما، غامضاً وسريع العبور، في أعماقه، سيُصاب بما يشبه الخيبة إذا ما نجا الرجال الثلاثة. هل شعر به حقاً؟ هل توهّمه توهّماً؟ مهما يكن من أمر، فلقد بدأ، مذ ذاك، صراعه المرير مع "الشعور المظلم".

أخبر كلارا أنّ هذا الاحساس دهمه مراراً، في الشهور والسنين التي تلتْ حادثة الغرق. وتبيَّن له، مع الوقت، أنه يأتيه حين يتعلّق الأمر بالرجال، أكثر ممّا بالنساء. أخبرها كيف دهمه بعد اصطدام سيارة في مرسيليا أوقع بضعة جرحى من معارف والده، وبعد عمل إرهابي استهدف أحد مقاهي فيينا،

الذي كان يتردّد إليه ويحبّه، وبعد إصابة أحد نجوم كرَة القدم الالمان بكسور بالغة في حادث تزلّج في جبال التيرول، كما بعد مآسٍ أخرى يطول ذكرها... باح لها، مرّةً، وكأنه يستغيث بها، بأن هذا الشعور يحاصره ويرهقه، أكثر فأكثر، مع مرور الزمن. ووصل به اليأس، مرّةً أخرى، إلى التلويح بأن طغيان "الشعور المظلم" يمكنه دفعه إلى الانتحار.

لم تتمّ هذه الحوارات بين كلارا وصديقها في وقت مُحَدَّد، بل دامتْ، على نحو متقطِّع، سنينَ عدّة. مع ذلك لم تأتِ على ذكرها لي قطّ. وبقي في فكر سارة، مما نقلته إليها صديقتها، أنها سعت بكل الوسائل لمساعدته، وشدّدت عزائمه للتغلّب على "الشعور المظلم". كانت تردّد له على الدوام أنّ هذا الإحساس ليس حكراً عليه، وهو جزء من طبائع البشر وتناقضات نفوسهم، وأنها، هي أيضاً، غير سالمة منه. وأنّنا غير مسؤولين قطّ عن كل ما يعبر دخائلنا من مشاعر وصور وهواجس، بل فقط عمّا نقبل به منها. أخبرتُه عمّا يمكن أن يمرّ في ذهن الإنسان من أفكار ورؤى جسدية غريبة، أثناء الصلاة، كانتْ أسرّتْ لها بها إحدى رفيقاتها، وقرأتْ هي عنها أيضاً. وأن المتنسّكين والروحانيين أنفسهم لا ينجون من مثل هذه الشكوك والتجارب، وأوردت له أمثلة كثيرة عن ذلك. وذكرتْ له، مراراً، قول أحد الروحانيين: "أشكرك يا ربي لأنّك

لا تحاسبني على أحلامي!". لكن ذلك كله لم يجدِ نفعاً، إذ بقي "الشعور المظلم" مُطبقاً عليه بلا رجاء خلاص.

أخبرتني سارة أيضاً، في تلك العشيّة، عن اهتمام كلارا وصديقها الشاب بظاهرة نسوة "التنسّك المدني"، اللواتي ظهرنَ قبل نحو ثمانمئة عام، في القرن الثاني عشر، في بلاد الفلاندرة، وهو ما لم تذكره لي كلارا ولا مرّة. كانت تلك النسوة، اللواتي يرتدينَ لباساً فقيراً موحّداً، ينسحبنَ من العالم إلى مساكن جماعية مخصّصة لهنّ، من دون أن يصبحنَ راهبات. كنّ يجمعنَ في عزلتهنّ بين النشاط الـروحي والأعمال الحرفية العديدة، فضلاً عن الاهتمام بالمرضى. وقد وصل عددهنّ في وقت ما إلى مئتي ألف امرأة في مختلف أنحاء الفلاندرة. وكانت تلك النسوة الزاهدات في الدنيا يجهلنَ، في غالبيتهنّ العظمى، القراءة والكتابة، مثل مجمل نساء عصرهنّ، ورجاله أيضاً. مع ذلك، ظهر بينهنّ عددٌ، ولو قليل، من الكاتبات، اكتُشِفَتْ مدوّناتهنّ أخيراً، وجرى نقلها إلى لغاتٍ معاصرة.

لا أدري لماذا أخفتْ عنّي كلارا ذلك كلَّه. أذكر فقط انّي وجدتُ، مرّة، في مكتبتها، كتاب خواطر تأمّلية لهيلدغارد دو بينغن، إحدى تلك النسوة، وهي مولودة في العام ١٠٩٩

ومتوفّاة في العام ١١٧٩. فاجأني الكتاب وسألتُ كلارا عنه. اكتفت بالقول إنّها تحب كثيراً هذا المصنّف، وتعود مراراً إليه. قرأتُ لي منه المقطع الآتي:"غريبةٌ أنا في عالمٍ غريب/ أتضرّع إليكَ من عمق شدّتي/ روحي تشتعل كأنّها مزنّرة باللهب/ أين الاخضرار، قوّة انبعاث النعمة الربيعية؟".

كم زاد إعجابي آنذاك بكلارا. قلتُ في نفسي: "بينما ملايين القرّاء في الغرب لا رأي ولا خيار أدبياً لهم، إذ لا يعرفون ماذا سيقرأون، تشيح هذه الصبيّة، اليافعة، البهيّة، بنظرها، عن المشهد السائد كله، وتقرأ كتاباً من القرن الثاني عشر، لا يعرف به، ولا يقرأه أحد. علامة من علامات اليقظة والرجاء فوق "سطح الطوفان".

تساءلتُ لماذا أخفتْ عني كلارا اهتمامها بنسوة العزلة؟ وتساءلتُ أيضاً، بمزيج من القلق والأمل معاً، إذا كان من علاقة بين تلك النزعة وسرّ اختفائها. الأمل، أجل، كأنّ باباً جديداً فُتِحَ فجأةً أمامي.

لم يعد في وجهي إلا هذا الطريق أهتدي به إلى كلارا: البحث عنها حيث هي في عزلتها. طريقٌ سيقودني إليها، أم طريقٌ مسدودٌ آخر لا يفضي إلى مكان؟ مهما يكن من أمر، قلتُ لنفسي، لن أذهب بعد الآن إلى سواك. ولن أفتّش عنها

في الأمكنة عينها. سأجهد في إيجاد ملاذها حيث تُبعَثُ "النعمة الربيعية"، وسأقنع سارة بمؤازرتي في سعيي.

حين أفكّر في ذلك الآن، أستغرب كثيراً أمري. كيف أمكنني الربط بين اهتمام كلارا بنسوة العزلة، كونها لم تذكره لي، وسرّ اختفائها؟ وكيف بدا لي ذلك الأمل منطقياً أو مجدياً، إذ كيف لي العثور على امرأة اختارت عزلة النسك (إذا كانت اختارتها حقاً) في أرجاء هذا العالم؟ لكن، في حال الضياع التي كنتُ فيها، بدا لي الأمر طبيعيًا وممكناً.

وبينما كنت أحضّرُ نفسي لولوج طريق البحث الجديد، المتشعّب الوجهات والمسالك على نحوٍ لا يُعقَل، متّكلاً على إلهامي وحدسي، وقوّة ولهي بهذه المرأة، رأيتُ، ذات ليلة، حلماً غريباً آخر، أعاد إرباكي. وجدتني خارجاً من البيت، كما في نزهتي المعهودة، وقتَ المغيب، قبل هجرتي. لكنّي لم أتّجه، كالعادة إلى طريق كفرحبق في سهل الزيتون، المالئ أفقه شرقاً جبل المكمل، بل إلى دربٍ ترابيّة، ذاهبة صعوداً نحو ما يشبه قرية مشتى بريح، المطلّة من فوق تلّتها على ملتقى الأنهر الثلاثة، المحوطة ببساتين البرتقال، الكثيفة، الشاسعة، على وقع خرير المياه. كأنّ قوّةً خفيّة، لا تقاوَم، كانت تدفعني في ذاك الاتجاه، الذي لم أطأ أرضه منذ زمن بعيد، بحيث لم

أعد أعرف إذا ما مررتُ من هنا يوماً في حياتي المَعيشة، أو في أحلام ليليّة أخرى. لم أكن ابتعدتُ كثيراً حين رأيت على قارعة الطريق، أمام عوسجة، عصفوراً صغيراً، أسود الجناحين، أبيض البطن، يحتضر. خفق قلبي بشدّة، وأردتُ أخذه بين راحتيَّ لأخفف من آلام حشرجته ووحدته وسط الطبيعة الشاسعة، لكنّي لم أستطع لمسه. جئتُ بغصن حورٍ رفيع، وأبعدته عن الطريق كي لا يُدْهَس.

بعدئذٍ جرت أحداث لم أعد أتذكّرها، ووجدتُ نفسي أطلّ من فوق، ليس على بساتين البرتقال، التي اختفتْ تماماً، بل على سهلٍ كبير، قاحل، امتدّ مكانها على مدى النظر، كانت تجتازه ببطء سارية، وهي ما زالت في غيبوبتها ووجهها إلى العلاء كأنّها عمياء، يرافقها الكلب كوبر. قلت في سرّي مستغرباً: "إلى أين تذهب سارية كالتائهين في نومهم، وهي لم تخرج من غيبوبتها بعد؟". بعدها وجدتني، فجأةً، ماشياً صعوداً، جنباً إلى جنب مع سلمى فرح، التي لا أذكر أنّي رأيتها في المنام منذ وفاتها. لم أكن أعي في الحلم موتها. وفي وقتٍ ما، أشارت بيدها إلى فوق، من دون أن تنظر إليَّ، قائلةً: "فيرونيكا هناك!". عرفتُ فوراً أنها تقصد كلارا، إذ كنتُ أخبرتها مرّةً أن أهلها احتاروا بين هذين الاسمين عند ولادتها.

١٨٨

كانت سلمى تشير إلى بيتٍ صغيرٍ مهجور في سفح التلّة، مؤلّف من طبقة واحدة، مبنيّة بالحجر الأسمر، له بابٌ واحد جهة اليمين، من دون نافذة أو أيّ كوّة أخرى، وكان الباب مفتوحاً. رأيتُ هناك، من جديد، على قارعة الدرب، العصفور نفسه، لكن ميتاً. وحين ولجنا البيت، تبيّنتُ في عتمته كلارا، واقفة، وظهرها نحونا، وهي ترتدي برنسَ الأطبّاء الأبيض. لم أرَ وجهها، إذ لم تلتفت إلينا، ولا أدري إذا كانت شعرتْ بدخولنا. كانت مركّزة انتباهها على رجل جريح، أو قتيل، عاري الصدر والذراعين، ناصع البياض، جميل الوجه، مُغلَق العينين، فاغر الفم قليلاً، وهو يبدو نائماً، وفي أعلى صدره، إلى اليمين، جرحٌ عميق، ناشف، تغشاه الزرقة، كأنه مطعونٌ بخنجر. كان نصفَ جالسٍ على كنبة طويلة، في وضع يشبه كثيراً مارا المقتول في لوحة دافيد. قلتُ في قرارتي: "هذا هو صديقها الشاب، راهب الصمت، وهي أتتْ لمداواته". وجدتُني، بعد حين، وحيداً، أنظر من أعلى إلى السهل الكبير، القاحل، نفسه، وقد هبّت عليه عاصفةٌ هوجاء. حضرتْني عبارة "الرياح الماحية"، وهي مثل "تمطِرُ على زهر البرتقال"، من العبارات التي أردّدها فجأةً أحياناً، بلا سبب، لا أدري لماذا. استفقتُ، مرتجفاً، وأنا أتمتم "الرياح الماحية"، "الرياح الماحية".

١٨٩

أذكرُ أنّه بعد نحو أسبوعين، كلّمتني سارة على الهاتف في وقت مبكر، على غير عادتها، وطلبتُ أن نلتقي سريعاً. توجّهتُ فوراً إليها في المقهى عينه، وأنا في حال من التساؤل والتوجّس لا أُحسَد عليهما، إذ لم توضِح لي دواعي اللقاء. ما إن جلستُ قبالتها حتى حدّقتُ مليّاً في عينيَّ، وقالت: "لقد وجدوا كلارا!". شعرتُ كأنّ صاعقة ضربتني، وكدتُ أهوي على الطاولة، فاقداً وعيي. أخذتْ سارة يديَّ بين يديها، وراحت تناديني باسمي بهلع، مراراً وتكراراً، مردّدةً: "إنها حيّة، إنها حيّة"، ثم اقتربتْ منّي وضمّتني بقوّة بين ذراعيها. تمالكتُ نفسي شيئاً فشيئاً، كمن يعود من أرضٍ قصيّة، وسألتها: "أين هي؟ أين هي؟". قالتْ إنّه لا تمكنها الإجابة بكلمة واحدة. هدّأتْ من روعي أكثر فأكثر، وحين اطمأنّتْ إلى استعادتي ذاتي، قالتْ بصوت خفيض، يخنقه التأثّر: "بعد بحثٍ حثيث عنها، لم ينقطع منذ عامين، وجدتُها السلطات، متخفّيةً باسمٍ مستعار، هو فيرونيكا مارسو، في بلدة صغيرة في ولاية مانيتوبا، غرب كندا. كانت تقيم على مقربة من مستشفى البلدة، حيث تخضع لعلاجٍ مستمرّ، منذ اختفائها". التقطتْ سارة أنفاسها، ثمَّ أضافتْ: "اتّصلتْ بي والدتها في وقتٍ متأخّر من ليل أمس، وهي تجهش في البكاء، لتخبرني. وأنا لم أصدّق أن يطلع عليَّ الضوء حتى أخبرك". ساد بيننا الصمت، وأنا غارقٌ

في أغوار نفسي، لا أقوى على السؤال. ثم أكملتْ سارة: "لم تذكر لي والدتها ماذا تُعاني، وأنا لم أسمح لنفسي بسؤالها. لكن ما لم يفهمه إطلاقاً والداها، اللذان غادرا ليلاً شنغهاي إلى مانيتوبا، ولا أدركه المحقّقون أيضاً، وهو أمرٌ عصيٌّ على الادراك، إنّما هو لماذا لم تعالج نفسها هنا، بين أهلها وأحبّتها؟ ولماذا اختطفتْ نفسها، بهذه السريّة المُحكَمَة، إلى آخر الأراضي؟". لذتُ بالصمت التّام. كان الأسى يعصرُ قلبي عصراً وأنا أتمتم في سرّي: "آخر أراضي الروح، يا سارة". أدركتُ، في صورةٍ جليّة، سرّ فقدان كلارا، ولا أحد سواي يستطيع إدراكه في هذا العالم. وأنا، في أيّ حال، لن أستطيع شرحه لأحد، ولا هي تستطيع أيضاً. أمرٌ لا يُشرَح. فهي، مذ زارتْ، مرّةً، ذاك الطبيب، قبل شهر ونصف الشهر من غيابها، لا بدّ أنها خضعتْ لفحوصات بسريّة تامّة، ثم اتّخذتْ قرارها بـ"الموت الاختفاء"، بعيداً من ناظري، وناظرَي والديها، بصمتٍ وهدوء يفوقان الوصف. لكنّها ما زالتْ حيّة تُرزَق، ومحتفظة بأمل الخلاص، وهو الأهمّ. وأنا، وقد انزاح جبل فقدانها عن كتفيَّ، لم يعد لي بعد اليوم من غاية تُرجى في هذه الحياة الدنيا، إلا عبور المحيط بسرعة الضوء، لموافاتها حيث هي، وملازمتها كظلّها، إلى الأبد.

للمؤلِّف

عن دار النهار للنشر:

كتاب الحالة

١٩٩٣

حديقة الفجر

١٩٩٩

رتبة الغياب

٢٠٠٠

الخلوة الملكيّة

٢٠٠١

عبور الركام

٢٠٠٣

عن الدار العربية للعلوم ناشرون ودار المُراد:

حامل الوردة الأرجوانية

٢٠١٣

غريقة بحيرة موريه

٢٠١٤